U0079947

STS

山田社

絕對合格！ 新制日檢

情境分類 必勝單字

見て！聞いて！すぐ分かる！
分野別で覚えやすい！N4・N5単語辞典

N4·N5

吉松由美、田中陽子
西村惠子、千田晴夫
山田社日檢題庫小組

山田社

前言

> ## 以 **情境分類**，單字速記 **NO.1**！

新制日檢考試重視「活用在交流上」
在什麼場合，如何用詞造句？
本書配合 N4,N5 要求，場景包羅廣泛，
這個場合，都是這麼說，
從「單字→單字成句→情境串連」式學習，
打好「聽說讀寫」總和能力基礎，
結果令人驚嘆，
史上最聰明的學習法！讓你快速取證、搶百萬年薪！

日語初學者除了文法，最重要的就是增加自己的單字量。如果文法是骨架，單字就是肌肉，本書精心將 N4,N5 考試會用到的單字，分類到您一看就懂的日常生活中常見的場景，幫助您快速提升單字肌肉量，提升您的日語力！

史上最強的新日檢 N4,N5 單字集《絕對合格！新制日檢 必勝 N4,N5 情境分類單字》，首先以情境分類，串連相關單字。而單字是根據日本國際交流基金（JAPAN FOUNDATION）舊制考試基準及新發表的「新日本語能力試驗相關概要」，加以編寫彙整而成的。除此之外，本書精心分析從 2010 年開始的新日檢考試內容，增加了過去未收錄的 N4,N5 程度常用單字，加以調整了單字的程度，可說是內容最紮實的 N4,N5 單字書。

無論是累積應考實力，或是考前迅速總複習，都能讓您考場上如虎添翼，金腦發威。精心編制過的內容，讓單字不再會是您的死穴，而是您得高分的最佳利器！

「背單字總是背了後面忘了前面！」「背得好好的單字，一上考場大腦就當機！」「背了單字，但一碰到日本人腦筋只剩一片空白鬧詞窮。」「單字只能硬背好無聊，每次一開始衝勁十足，後面卻完全無力。」「我很貪心，我想要有主題分類，又有五十音順好查的單字書。」這些都是讀者的真實心聲！

您的心聲我們聽到了。本書的單字採用情境式主題分類，還有搭配金牌教師編著的實用例句，相信能讓您甩開對單字的陰霾，輕鬆啟動記憶單字的按鈕，提升學習興趣及成效！

▼ 內容包括：

1. 分類王──本書採用**情境式學習法**，由淺入深將單字分類成：時間、住房、衣服…動植物、氣象、機關單位…通訊、體育運動、藝術…經濟、政治、法律…心理、感情、思考等，不僅能一次把相關單字整串背起來，還方便運用在日常生活中，再搭配金牌教師編寫的實用短例句，讓您在腦內產生對單字的印象，應考時就能在瞬間理解單字，包您一目十行，絕對合格！

2. 單字王──高出題率單字全面強化記憶：根據新制規格，由日籍金牌教師群所精選高出題率單字。**每個單字所包含的詞性、意義、用法等等**，讓您精確瞭解單字各層面的字義，活用的領域更加廣泛，幫您全面強化學習記憶，分數更上一層樓。

3. 速攻王──掌握單字最準確：依照情境主題將單字分類串連，從「**單字→單字成句→情境串連**」式學習，幫助您快速將單字一串記下來，頭腦清晰再也不混淆。每一類別並以五十音順排列，方便您輕鬆找到您要的單字！中譯解釋的部份，去除冷門字義，並依照常用的解釋依序編寫而成。讓您在最短時間內，迅速掌握日語單字。

4. 例句王──活用單字的勝者學習法：要活用就需要「聽說讀寫」四種總和能力，怎麼活用呢？書中每個單字下面帶出一個例句，例句不僅配合情境，更精選該**單字常接續的詞彙、常使用的場合、常見的表現**，配合 N4,N5 所需時事、職場、生活、旅遊等內容，貼近 N4,N5 程度。從例句來記單字，加深了對單字的理解，對根據上下文選擇適切語彙的題型，更是大有幫助，同時也紮實了聽說讀寫的超強實力。

5. 聽力王──合格最短距離：新制日檢考試，把聽力的分數提高了，合格最短距離就是加強聽力學習。為此，書中還附贈光碟，幫助您熟悉日籍教師的標準發音及語調，**讓您累積聽力實力**。為打下堅實的基礎，建議您搭配《精修版 新制對應 絕對合格！日檢必背聽力》來進一步加強練習。

　　《絕對合格！新制日檢 必勝 N4,N5 情境分類單字》本著利用「喝咖啡時間」，也能「倍增單字量」「提升日語實力」的意旨，附贈日語朗讀光碟，讓您不論是站在公車站牌前發呆，一個人喝咖啡，或等親朋好友，都能隨時隨地聽 MP3，無時無刻增進日語單字能力，讓您無論走到哪，都能學到哪！怎麼考，怎麼過！

目錄

N5 分類單字

N4 分類單字

詞性說明

詞性	定義	例（日文／中譯）
名詞	表示人事物、地點等名稱的詞。有活用。	門 /大門
形容詞	詞尾是い。說明客觀事物的性質、狀態或主觀感情、感覺的詞。有活用。	細い /細小的
形容動詞	詞尾是だ。具有形容詞和動詞的雙重性質。有活用。	静かだ /安靜的
動詞	表示人或事物的存在、動作、行為和作用的詞。	言う /說
自動詞	表示的動作不直接涉及其他事物。只說明主語本身的動作、作用或狀態。	花が咲く /花開。
他動詞	表示的動作直接涉及其他事物。從動作的主體出發。	母が窓を開ける /母親打開窗戶。
五段活用	詞尾在ウ段或詞尾由「ア段＋る」組成的動詞。活用詞尾在「ア、イ、ウ、エ、オ」這五段上變化。	持つ /拿
上一段活用	「イ段＋る」或詞尾由「イ段＋る」組成的動詞。活用詞尾在イ段上變化。	見る /看 起きる /起床
下一段活用	「エ段＋る」或詞尾由「エ段＋る」組成的動詞。活用詞尾在エ段上變化。	寝る /睡覺 見せる /讓…看
變格活用	動詞的不規則變化。一般指カ行「来る」、サ行「する」兩種。	来る /到來 する /做
カ行變格活用	只有「来る」。活用時只在カ行上變化。	来る /到來
サ行變格活用	只有「する」。活用時只在サ行上變化。	する /做
連體詞	限定或修飾體言的詞。沒活用，無法當主詞。	どの /哪個
副詞	修飾用言的狀態和程度的詞。沒活用，無法當主詞。	余り /不太…
副助詞	接在體言或部分副詞、用言等之後，增添各種意義的助詞。	～も /也…

終助詞	接在句尾，表示說話者的感嘆、疑問、希望、主張等語氣。	か／嗎
接續助詞	連接兩項陳述內容，表示前後兩項存在某種句法關係的詞。	ながら／邊…邊…
接續詞	在段落、句子或詞彙之間，起承先啟後的作用。沒活用，無法當主詞。	しかし／然而
接頭詞	詞的構成要素，不能單獨使用，只能接在其他詞的前面。	御^お～／貴（表尊敬及美化）
接尾詞	詞的構成要素，不能單獨使用，只能接在其他詞的後面。	～枚^{まい}／…張（平面物品數量）
造語成份 （新創詞語）	構成復合詞的詞彙。	一昨年^{いっさくねん}／前年
漢語造語成份 （和製漢語）	日本自創的詞彙，或跟中文意義有別的漢語詞彙。	風呂^{ふ ろ}／澡盆
連語	由兩個以上的詞彙連在一起所構成，意思可以直接從字面上看出來。	赤^{あか}い傘^{かさ}／紅色雨傘 足^{あし}を洗^{あら}う／洗腳
慣用語	由兩個以上的詞彙因習慣用法而構成，意思無法直接從字面上看出來。常用來比喻。	足^{あし}を洗^{あら}う／脫離黑社會
感嘆詞	用於表達各種感情的詞。沒活用，無法當主詞。	ああ／啊（表驚訝等）
寒暄語	一般生活上常用的應對短句、問候語。	お願^{ねが}いします／麻煩…

其他略語

呈現	詞性	呈現	詞性
對	對義詞	近	文法部分的相近文法補充
類	類義詞	補	補充說明

新日本語能力試驗的考試內容

N5 題型分析

測驗科目 （測驗時間）			試題內容		
			題型	小題 題數 ＊	分析
語言知識 （25分）	文字、語彙	1	漢字讀音 ◇	12	測驗漢字語彙的讀音。
		2	假名漢字寫法 ◇	8	測驗平假名語彙的漢字及片假名的寫法。
		3	選擇文脈語彙 ◇	10	測驗根據文脈選擇適切語彙。
		4	替換類義詞 ○	5	測驗根據試題的語彙或說法，選擇類義詞或類義說法。
語言知識、讀解 （50分）	文法	1	文句的文法1 （文法形式判斷） ○	16	測驗辨別哪種文法形式符合文句內容。
		2	文句的文法2 （文句組構） ◆	5	測驗是否能夠組織文法正確且文義通順的句子。
		3	文章段落的 文法 ◆	5	測驗辨別該文句有無符合文脈。
	讀解＊	4	理解內容 （短文） ○	3	於讀完包含學習、生活、工作相關話題或情境等，約80字左右的撰寫平易的文章段落之後，測驗是否能夠理解其內容。
		5	理解內容 （中文） ○	2	於讀完包含以日常話題或情境為題材等，約250字左右的撰寫平易的文章段落之後，測驗是否能夠理解其內容。
		6	釐整資訊 ◆	1	測驗是否能夠從介紹或通知等，約250字左右的撰寫資訊題材中，找出所需的訊息。

聽解 （30分）	1	理解問題	◇	7	於聽取完整的會話段落之後，測驗是否能夠理解其內容（於聽完解決問題所需的具體訊息之後，測驗是否能夠理解應當採取的下一個適切步驟）。
	2	理解重點	◇	6	於聽取完整的會話段落之後，測驗是否能夠理解其內容（依據剛才已聽過的提示，測驗是否能夠抓住應當聽取的重點）。
	3	適切話語	◆	5	測驗一面看圖示，一面聽取情境說明時，是否能夠選擇適切的話語。
	4	即時應答	◆	6	測驗於聽完簡短的詢問之後，是否能夠選擇適切的應答。

＊「小題題數」為每次測驗的約略題數，與實際測驗時的題數可能未盡相同。此外，亦有可能會變更小題題數。

＊有時在「讀解」科目中，同一段文章可能會有數道小題。

資料來源：《日本語能力試驗JLPT官方網站：分項成績・合格判定・合否結果通知》。2016年1月11日，取自：http://www.jlpt.jp/tw/guideline/results.html

N4　題型分析

<table>
<tr><td rowspan="2">測驗科目
（測驗時間）</td><td colspan="4" align="center">試題內容</td></tr>
<tr><td colspan="2" align="center">題型</td><td align="center">小題
題數
*</td><td align="center">分析</td></tr>
<tr><td rowspan="5">語言知識
（30分）</td><td rowspan="5">文字、語彙</td><td>1</td><td>漢字讀音</td><td>◇　9</td><td>測驗漢字語彙的讀音。</td></tr>
<tr><td>2</td><td>假名漢字寫法</td><td>◇　6</td><td>測驗平假名語彙的漢字寫法。</td></tr>
<tr><td>3</td><td>選擇文脈語彙</td><td>○　10</td><td>測驗根據文脈選擇適切語彙。</td></tr>
<tr><td>4</td><td>替換類義詞</td><td>○　5</td><td>測驗根據試題的語彙或說法，選擇類義詞或類義說法。</td></tr>
<tr><td>5</td><td>語彙用法</td><td>○　5</td><td>測驗試題的語彙在文句裡的用法。</td></tr>
<tr><td rowspan="6">語言知識、讀解
（60分）</td><td rowspan="3">文法</td><td>1</td><td>文句的文法1
（文法形式判斷）</td><td>○　15</td><td>測驗辨別哪種文法形式符合文句內容。</td></tr>
<tr><td>2</td><td>文句的文法2
（文句組構）</td><td>◆　5</td><td>測驗是否能夠組織文法正確且文義通順的句子。</td></tr>
<tr><td>3</td><td>文章段落的文法</td><td>◆　5</td><td>測驗辨別該文句有無符合文脈。</td></tr>
<tr><td rowspan="3">讀解
*</td><td>4</td><td>理解內容
（短文）</td><td>○　4</td><td>於讀完包含學習、生活、工作相關話題或情境等，約100~200字左右的撰寫平易的文章段落之後，測驗是否能夠理解其內容。</td></tr>
<tr><td>5</td><td>理解內容
（中文）</td><td>○　4</td><td>於讀完包含以日常話題或情境為題材等，約450字左右的簡易撰寫文章段落之後，測驗是否能夠理解其內容。</td></tr>
<tr><td>6</td><td>彙整資訊</td><td>◆　2</td><td>測驗是否能夠從介紹或通知等，約400字左右的撰寫資訊題材中，找出所需的訊息。</td></tr>
</table>

聽解 (35分)	1	理解問題	◇ 8	於聽取完整的會話段落之後，測驗是否能夠理解其內容（於聽完解決問題所需的具體訊息之後，測驗是否能夠理解應當採取的下一個適切步驟）。
	2	理解重點	◇ 7	於聽取完整的會話段落之後，測驗是否能夠理解其內容（依據剛才已聽過的提示，測驗是否能夠抓住應當聽取的重點）。
	3	適切話語	◆ 5	於一面看圖示，一面聽取情境說明時，測驗是否能夠選擇適切的話語。
	4	即時應答	◆ 8	於聽完簡短的詢問之後，測驗是否能夠選擇適切的應答。

＊「小題題數」為每次測驗的約略題數，與實際測驗時的題數可能未盡相同。此外，亦有可能會變更小題題數。

＊有時在「讀解」科目中，同一段文章可能會有數道小題。

資料來源：《日本語能力試驗JLPT官方網站：分項成績‧合格判定‧合否結果通知》。2016年1月11日，取自：http://www.jlpt.jp/tw/guideline/results.html

必 　 勝

N5

情境分類單字

N5 ● 1-1

1-1 挨拶ことば /
寒暄語

01 | どうもありがとうございました

寒暄 謝謝，太感謝了

例 寂しいけど、今までどうもありがとうございました。

譯 太令人捨不得了，到目前為止真的很謝謝。

02 | いただきます【頂きます】

寒暄 （吃飯前的客套話）我就不客氣了

例 「いただきます」と言ってご飯を食べる。

譯 說聲「我開動了」就吃起飯了。

03 | いらっしゃい（ませ）

寒暄 歡迎光臨

例 いらっしゃいませ。どうぞ、こちらへ。

譯 歡迎光臨。請往這邊走。

04 | ではおげんきで【ではお元気で】

寒暄 請多保重身體

例 では、お元気で。さようなら。

譯 那麼，請多保重身體。再見了。

05 | おねがいします【お願いします】

寒暄 麻煩，請；請多多指教

例 またお願いします。

譯 再麻煩你了。

06 | おはようございます

寒暄 （早晨見面時）早安，您早

例 先生、おはようございます。

譯 老師，早安！

07 | おやすみなさい【お休みなさい】

寒暄 晚安

例 「おやすみなさい」と両親に言った。

譯 跟父母說了聲「晚安」。

08 | ごちそうさまでした【御馳走様でした】

寒暄 多謝您的款待，我已經吃飽了

例 ごちそうさまでした。美味しかったです。

譯 感謝招待，美味極了。

09 | こちらこそ

寒暄 哪兒的話，不敢當

例 こちらこそ、ありがとうございました。

譯 我才應該感謝你的。

10 | ごめんください【御免ください】

寒暄 有人在嗎

例 ごめんください、誰かいますか。

譯 請問有人在家嗎？

---

11 | ごめんなさい【御免なさい】

連語 對不起

例 本当にごめんなさい。

譯 真的很對不起。

---

12 | こんにちは【今日は】

寒暄 你好，日安

例 こんにちは、今日は暑いですね。

譯 你好，今天真熱啊！

---

13 | こんばんは【今晩は】

寒暄 晚安你好，晚上好

例 こんばんは、今お帰りですか。

譯 晚上好，剛回來嗎？

---

14 | さよなら・さようなら

感 再見，再會；告別

例 お元気で、さようなら。

譯 珍重，再見啦！

---

15 | しつれいしました【失礼しました】

寒暄 請原諒，失禮了

例 返事が遅れて失礼しました。

譯 回信遲了，真是抱歉！

---

16 | しつれいします【失礼します】

寒暄 告辭，再見，對不起；不好意思，打擾了

例 では、お先に失礼します。

譯 那麼，我就先告辭了！

---

17 | すみません

寒暄 （道歉用語）對不起，抱歉；謝謝

例 すみません、わかりません。

譯 很抱歉，我不明白。

---

18 | では、また

寒暄 那麼，再見

例 では、また明日。

譯 那麼，明天見了。

---

19 | どういたしまして

寒暄 沒關係，不用客氣，算不了什麼

例 「ありがとうございました」。「いえいえ、どういたしまして」。

譯 「謝謝你」。「那裡那裡，你太客氣了」。

---

20 | はじめまして【初めまして】

寒暄 初次見面，你好

例 初めまして、山田です。

譯 你好，我叫山田。

---

21 | （どうぞ）よろしく

寒暄 指教，關照

例 こちらこそ、どうぞよろしくお願いします。

譯 彼此彼此，請多多關照。

1-2 數字 (1) /
數字 (1)

01｜ゼロ【zero】

名 (數)零；沒有

例 ゼロから始める。

譯 從零開始。

02｜れい【零】

名 (數)零；沒有

例 気温は零度だ。

譯 氣溫零度。

03｜いち【一】

名 (數)一；第一，最初；最好

例 月に一度だけ会う。

譯 一個月只見一次面。

04｜に【二】

名 (數)二，兩個

例 二年前に留学した。

譯 兩年前留過學。

05｜さん【三】

名 (數)三；三個；第三；三次

例 茶碗に三杯ごはんを食べる。

譯 吃三碗飯。

06｜し・よん【四】

名 (數)四；四個；四次 (後接「時(じ)、時間(じかん)」時，則唸「四」(よ))

例 四を押す。

譯 按四。

07｜ご【五】

名 (數)五

例 指が五本ある。

譯 手指有五根。

08｜ろく【六】

名 (數)六；六個

例 六時間をかける。

譯 花六個小時。

09｜しち・なな【七】

名 (數)七；七個

例 七五三に着る。

譯 在 "七五三"（日本習俗，祈求兒童能健康成長。）穿上。

10｜はち【八】

名 (數)八；八個

例 八キロもある。

譯 有八公斤。

11｜きゅう・く【九】

名 (數)九；九個

例 九から三を引く。

譯 用九減去三。

12｜じゅう【十】

名 (數)十；第十

例 十まで言う。

譯 説到十。

13｜ひゃく【百】

名 (數)一百；一百歲

例 百点を取る。
譯 考一百分。

14 | せん【千】
名 (數)千，一千；形容數量之多
例 高さは千メートルある。
譯 高度有一千公尺。

15 | まん【万】
名 (數)萬
例 1千万で買った。
譯 以一千萬日圓買下。

1-2 数字 (2) /
數字 (2)

16 | ひとつ【一つ】
名 (數)一；一個；一歲
例 一つを選ぶ。
譯 選一個。

17 | ふたつ【二つ】
名 (數)二；兩個；兩歲
例 二つに割る。
譯 破裂成兩個。

18 | みっつ【三つ】
名 (數)三；三個；三歲
例 三つに分かれる。
譯 分成三個。

19 | よっつ【四つ】
名 (數)四個；四歲

20 | いつつ【五つ】
名 (數)五個；五歲；第五(個)
例 五つになる。
譯 長到五歲。

例 りんごを四つ買う。
譯 買四個蘋果。

21 | むっつ【六つ】
名 (數)六；六個；六歲
例 六つ上の兄がいる。
譯 我有一個比我大六歲的哥哥。

22 | ななつ【七つ】
名 (數)七個；七歲
例 七つにわける。
譯 分成七個。

23 | やっつ【八つ】
名 (數)八；八個；八歲
例 八つの子がいる。
譯 有八歲的小孩。

24 | ここのつ【九つ】
名 (數)九個；九歲
例 九つになる。
譯 長到九歲。

25 | とお【十】
名 (數)十；十個；十歲
例 お皿が十ある。
譯 有十個盤子。

26 | いくつ【幾つ】

名 (不確定的個數，年齡)幾個，多少；幾歲

例 いくつもない。

譯 沒有幾個。

27 | はたち【二十歳】

名 二十歳

例 二十歳を迎える。

譯 迎接二十歲的到來。

28 | ばんごう【番号】

名 號碼，號數

例 番号を調べる。

譯 查號碼。

1-3 曜日 /
星期

01 | にちようび【日曜日】

名 星期日

例 日曜日も休めない。

譯 星期天也沒辦法休息。

02 | げつようび【月曜日】

名 星期一

例 月曜日の朝は大変だ。

譯 星期一的早晨忙壞了。

03 | かようび【火曜日】

名 星期二

例 火曜日に帰る。

譯 星期二回去。

04 | すいようび【水曜日】

名 星期三

例 水曜日が休みだ。

譯 星期三休息。

05 | もくようび【木曜日】

名 星期四

例 木曜日までに返す。

譯 星期四前歸還。

06 | きんようび【金曜日】

名 星期五

例 金曜日から始まる。

譯 星期五開始。

07 | どようび【土曜日】

名 星期六

例 土曜日は暇だ。

譯 星期六有空。

08 | せんしゅう【先週】

名 上個星期，上週

例 先週習った。

譯 上週學習過了。

09 | こんしゅう【今週】

名 這個星期，本週

例 今週も忙しい。

譯 這禮拜也忙。

10 | らいしゅう【来週】

名 下星期

例 来週はテストをする。

譯 下週考試。

例 三日に一度会う。

譯 三天見一次面。

---

11 | まいしゅう【毎週】

名 每個星期，每週，每個禮拜

例 毎週映画館へ行く。

譯 每週去電影院看電影。

04 | よっか【四日】

名 (每月)四號，四日；四天

例 もう四日も雨が降っている。

譯 已經足足下了四天的雨了。

---

12 | しゅうかん【週間】

名・接尾 …週，…星期

例 一週間は七日だ。

譯 一週有七天。

05 | いつか【五日】

名 (每月)五號，五日；五

例 五日間旅行する。

譯 旅行五天。

---

13 | たんじょうび【誕生日】

名 生日

例 誕生日に何がほしい。

譯 想要什麼生日禮物？

06 | むいか【六日】

名 (每月)六號，六日；六天

例 六日にまた会いましょう。

譯 我們六日再會吧！

N5 🔊 1-4

1-4 日にち /
日期

07 | なのか【七日】

名 (每月)七號；七日，七天

例 休みは七日間ある。

譯 有七天的休假

---

01 | ついたち【一日】

名 (每月)一號，初一

例 毎月一日に、お祖父さんと会う。

譯 每個月一號都會跟爺爺見面。

08 | ようか【八日】

名 (每月)八號，八日；八天

例 八日かかる。

譯 需花八天時間。

---

02 | ふつか【二日】

名 (每月)二號，二日；兩天；第二天

例 五日働いて、二日休む。

譯 五天工作，兩天休息。

09 | ここのか【九日】

名 (每月)九號，九日；九天

例 五月九日にまた会いましょう。

譯 五月九號再碰面吧！

---

03 | みっか【三日】

名 (每月)三號；三天

10 | とおか【十日】

名 (毎月)十號，十日；十天

例 十日間かかる。

譯 花十天時間。

11 | はつか【二十日】

名 (毎月)二十日；二十天

例 二十日に出る。

譯 二十號出發。

12 | いちにち【一日】

名 一天，終日；一整天；一號(ついたち)

例 一日寝る。

譯 睡了一整天。

13 | カレンダー【calendar】

名 日曆；全年記事表

例 今年のカレンダーをもらった。

譯 拿到今年的日曆。

1-5 色 / 顔色

01 | あおい【青い】

形 藍的，綠的，青的；不成熟

例 海は青い。

譯 湛藍的海。

02 | あかい【赤い】

形 紅的

例 赤い花を買う。

譯 買紅色的花。

03 | きいろい【黄色い】

形 黄色，黄色的

例 黄色い花が咲く。

譯 綻放黄色的花朵。

04 | くろい【黒い】

形 黒色的；褐色；骯髒；黑暗

例 黒い船を見ました。

譯 看到黑色的船隻。

05 | しろい【白い】

形 白色的；空白；乾淨，潔白

例 白い雲が黒くなった。

譯 白雲轉變為烏雲。

06 | ちゃいろ【茶色】

名 茶色

例 茶色が好きだ。

譯 喜歡茶色。

07 | みどり【緑】

名 緑色

例 みどりが多い。

譯 緑油油的。

08 | いろ【色】

名 顔色，彩色

例 黄色くなる。

譯 轉黄。

1-6 数詞 /
量詞

01 | かい【階】

接尾 (樓房的)…樓，層

例 二階まで歩く。

譯 走到二樓。

02 | かい【回】

名・接尾 …回，次數

例 何回も言う。

譯 說了好幾次。

03 | こ【個】

名・接尾 …個

例 六個ください。

譯 給我六個。

04 | さい【歳】

名・接尾 …歲

例 25歳で結婚する。

譯 25歲結婚。

05 | さつ【冊】

接尾 …本，…冊

例 本を五冊買う。

譯 買五本書。

06 | だい【台】

接尾 …台，…輛，…架

例 エアコンが2台ある。

譯 有兩台冷氣。

07 | にん【人】

接尾 …人

例 子供が6人もいる。

譯 小孩多達六人。

08 | はい・ばい・ぱい【杯】

接尾 …杯

例 一杯どう。

譯 喝杯如何？

09 | ばん【番】

名・接尾 (表示順序)第…，…號；輪班；看守

例 一番になった。

譯 得到第一名。

10 | ひき【匹】

接尾 (鳥，蟲，魚，獸)…匹，…頭，…條，…隻

例 2匹の犬と散歩する。

譯 跟2隻狗散步。

11 | ページ【page】

名・接尾 …頁

例 ページを開く。

譯 翻開內頁。

12 | ほん・ぼん・ぽん【本】

接尾 (計算細長的物品)…支，…棵，…瓶，…條

例 ビールを二本買う。

譯 購買兩瓶啤酒。

13 | まい【枚】

接尾 （計算平薄的東西）…張，…片，
…幅，…扇

例 ハンカチを二枚持っている。

譯 有兩條手帕。

2-1 体 /
身體

01 | あたま【頭】

㊂ 頭；頭髮；（物體的上部）頂端

例 頭がいい。

譯 聰明。

02 | かお【顔】

㊂ 臉，面孔；面子，顔面

例 水で顔を洗う。

譯 用自來水洗臉。

03 | みみ【耳】

㊂ 耳朵

例 耳が冷たくなった。

譯 耳朵感到冰冷。

04 | め【目】

㊂ 眼睛；眼珠，眼球

例 目がいい。

譯 視力好。

05 | はな【鼻】

㊂ 鼻子

例 鼻が高い。

譯 得意洋洋。

06 | くち【口】

㊂ 口，嘴巴

例 口を開く。

譯 把嘴張開。

07 | は【歯】

㊂ 牙齒

例 歯を磨く。

譯 刷牙。

08 | て【手】

㊂ 手，手掌；胳膊

例 手をあげる。

譯 舉手。

09 | おなか【お腹】

㊂ 肚子；腸胃

例 お腹が痛い。

譯 肚子痛。

10 | あし【足】

㊂ 腳；（器物的）腿

例 足が綺麗だ。

譯 腳很美。

11 | からだ【体】

名 身體；體格，身材

例 タバコは体に悪い。

譯 香菸對身體不好。

---

12 | せ・せい【背】

名 身高，身材

例 背が高い。

譯 身材高大。

---

13 | こえ【声】

名 （人或動物的）聲音，語音

例 やさしい声で話す。

譯 用溫柔的聲音說話。

2-2 家族 (1) /
家族(1)

01 | おじいさん【お祖父さん・お爺さん】

名 祖父；外公；（對一般老年男子的稱呼）爺爺

例 お祖父さんから聞く。

譯 從祖父那裡聽來的。

---

02 | おばあさん【お祖母さん・お婆さん】

名 祖母；外祖母；（對一般老年婦女的稱呼）老婆婆

例 お祖母さんは元気だ。

譯 祖母身體很好。

---

03 | おとうさん【お父さん】

名 （「父」的鄭重說法）爸爸，父親

例 お父さんはお元気ですか。

譯 您父親一切可好。

---

04 | ちち【父】

名 家父，爸爸，父親

例 父は今出かけている。

譯 爸爸目前外出。

---

05 | おかあさん【お母さん】

名 （「母」的鄭重說法）媽媽，母親

例 お母さんが大好きだ。

譯 我最喜歡母親。

---

06 | はは【母】

名 家母，媽媽，母親

例 母に電話する。

譯 打電話給母親。

---

07 | おにいさん【お兄さん】

名 哥哥（「兄さん」的鄭重說法）

例 お兄さんはギターが上手だ。

譯 哥哥很會彈吉他。

---

08 | あに【兄】

名 哥哥，家兄；姐夫

例 兄と喧嘩する。

譯 跟哥哥吵架。

---

09 | おねえさん【お姉さん】

名 姊姊（「姉さん」的鄭重說法）

例 お姉さんはやさしい。

譯 姊姊很溫柔。

10 | あね【姉】
名 姉姉，家姉；嫂子
例 <ruby>姉<rt>あね</rt></ruby>は<ruby>忙<rt>いそが</rt></ruby>しい。
譯 姊姊很忙。

11 | おとうと【弟】
名 弟弟 (鄭重説法是「弟さん」)
例 <ruby>男<rt>おとこ</rt></ruby>の<ruby>子<rt>こ</rt></ruby>が<ruby>私<rt>わたし</rt></ruby>の<ruby>弟<rt>おとうと</rt></ruby>だ。
譯 男孩是我弟弟。

12 | いもうと【妹】
名 妹妹 (鄭重説法是「妹さん」)
例 かわいい<ruby>妹<rt>いもうと</rt></ruby>がほしい。
譯 我想要有個可愛的妹妹。

13 | おじさん【伯父さん・叔父さん】
名 伯伯，叔叔，舅舅，姨丈，姑丈
例 <ruby>伯父<rt>おじ</rt></ruby>さんは<ruby>厳<rt>きび</rt></ruby>しい<ruby>人<rt>ひと</rt></ruby>だ。
譯 伯伯人很嚴格。

14 | おばさん【伯母さん・叔母さん】
名 姨媽，嬸嬸，姑媽，伯母，舅媽
例 <ruby>伯母<rt>おば</rt></ruby>さんが<ruby>嫌<rt>きら</rt></ruby>いだ。
譯 我討厭姨媽。

2-2 家族 (2) /
家族 (2)

15 | りょうしん【両親】
名 父母，雙親
例 <ruby>両親<rt>りょうしん</rt></ruby>に<ruby>会<rt>あ</rt></ruby>う。
譯 見父母。

16 | きょうだい【兄弟】
名 兄弟；兄弟姊妹；親如兄弟的人
例 <ruby>兄弟<rt>きょうだい</rt></ruby>はいますか。
譯 你有兄弟姊妹嗎？

17 | かぞく【家族】
名 家人，家庭，親屬
例 <ruby>家族<rt>かぞく</rt></ruby>が<ruby>多<rt>おお</rt></ruby>い。
譯 家人眾多。

18 | ごしゅじん【ご主人】
名 (稱呼對方的)您的先生，您的丈夫
例 ご<ruby>主人<rt>しゅじん</rt></ruby>のお<ruby>仕事<rt>しごと</rt></ruby>は。
譯 您先生從事什麼行業？

19 | おくさん【奥さん】
名 太太；尊夫人
例 <ruby>奥<rt>おく</rt></ruby>さんによろしく。
譯 代我向您夫人問好。

20 | じぶん【自分】
名 自己，本人，自身；我
例 <ruby>自分<rt>じぶん</rt></ruby>でやる。
譯 自己做。

21 | ひとり【一人】
名 一人；一個人；單獨一個人
例 <ruby>一人<rt>ひとり</rt></ruby>で<ruby>来<rt>き</rt></ruby>た。
譯 單獨一人前來。

22 | ふたり【二人】

㊂ 両個人，兩人

例 二人でお酒を飲む。

譯 兩人一起喝酒。

23 | みなさん【皆さん】

㊂ 大家，各位

例 皆さん、お静かに。

譯 請大家肅靜。

24 | いっしょ【一緒】

㊂・自サ 一塊，一起；一樣；(時間)一齊，同時

例 一緒に行く。

譯 一起去。

25 | おおぜい【大勢】

㊂ 很多人，眾多人；人數很多

例 大勢の人が並んでいる。

譯 有許多人排列著。

2-3 人の呼び方 /
人物的稱呼

01 | あなた【貴方・貴女】

㈹ (對長輩或平輩尊稱)你，您；(妻子稱呼先生)老公

例 貴方に会う。

譯 跟你見面。

02 | わたし【私】

㊂ 我(謙遜的説法 "わたくし")

例 私が行く。

譯 我去。

03 | おとこ【男】

㊂ 男性，男子，男人

例 男は傘を持っている。

譯 男性拿著傘。

04 | おんな【女】

㊂ 女人，女性，婦女

例 女はやさしい。

譯 女性很溫柔。

05 | おとこのこ【男の子】

㊂ 男孩子；年輕小伙子

例 男の子が生まれた。

譯 生了男孩。

06 | おんなのこ【女の子】

㊂ 女孩子；少女

例 女の子がほしい。

譯 想生女孩子。

07 | おとな【大人】

㊂ 大人，成人

例 大人になる。

譯 變成大人。

08 | こども【子供】

㊂ 自己的兒女；小孩，孩子，兒童

例 子どもがほしい。

譯 想要有孩子。

09 | がいこくじん【外国人】

㊂ 外國人

例 外国人がたくさんいる。
譯 有許多外國人。

2-4 大自然 /
大自然

10 | ともだち【友達】
名 朋友，友人
例 友達になる。
譯 交朋友。

01 | そら【空】
名 天空，空中；天氣
例 空を飛ぶ。
譯 在天空飛翔。

11 | ひと【人】
名 人，人類
例 あの人は学生です。
譯 那個人是學生。

02 | やま【山】
名 山；一大堆，成堆如山
例 山に登る。
譯 爬山。

12 | かた【方】
名 位，人（「人」的敬稱）
例 あの方が山田さんです。
譯 那位是山田小姐。

03 | かわ【川・河】
名 河川，河流
例 川で魚をとる。
譯 在河邊釣魚。

13 | がた【方】
接尾 （前接人稱代名詞，表對複數的敬稱）們，各位
例 先生方はアメリカ人ですか。
譯 老師們都是美國人嗎？

04 | うみ【海】
名 海，海洋
例 海を渡る。
譯 渡海。

14 | さん
接尾 （接在人名，職稱後表敬意或親切）…先生，…小姐
例 田中さん、お元気ですか。
譯 田中小姐，你好嗎？

05 | いわ【岩】
名 岩石
例 岩の上に座る。
譯 坐在岩石上。

06 | き【木】
名 樹，樹木；木材
例 木の下に犬がいる。
譯 樹下有小狗。

07 | とり【鳥】

名 鳥，禽類的總稱；雞

例 鳥が飛ぶ。

譯 鳥飛翔。

---

08 | いぬ【犬】

名 狗

例 犬も猫も大好きだ。

譯 喜歡狗跟貓。

---

09 | ねこ【猫】

名 貓

例 猫は窓から入ってきた。

譯 貓從窗戶進來。

---

10 | はな【花】

名 花

例 花が咲く。

譯 花開。

---

11 | さかな【魚】

名 魚

例 魚を買う。

譯 買魚。

---

12 | どうぶつ【動物】

名（生物兩大類之一的）動物；(人類以外，特別指哺乳類）動物

例 動物が好きだ。

譯 喜歡動物。

2-5 季節、気象 /
季節、氣象

01 | はる【春】

名 春天，春季

例 春になる。

譯 到了春天。

---

02 | なつ【夏】

名 夏天，夏季

例 夏が来る。

譯 夏天來臨。

---

03 | あき【秋】

名 秋天，秋季

例 もう秋だ。

譯 已經是秋天了。

---

04 | ふゆ【冬】

名 冬天，冬季

例 冬を過ごす。

譯 過冬。

---

05 | かぜ【風】

名 風

例 風が吹く。

譯 風吹。

---

06 | あめ【雨】

名 雨，下雨，雨天

例 雨が降る。

譯 下雨。

07 | ゆき【雪】

名 雪

例 雪_{ゆき}が降_ふる。

譯 下雪。

08 | てんき【天気】

名 天氣；晴天，好天氣

例 天気_{てんき}がいい。

譯 天氣好。

09 | あつい【暑い】

形 （天氣）熱，炎熱

例 部屋_{へや}が暑_{あつ}い。

譯 房間很熱。

10 | さむい【寒い】

形 （天氣）寒冷

例 冬_{ふゆ}は寒_{さむ}い。

譯 冬天寒冷。

11 | すずしい【涼しい】

形 涼爽，涼爽

例 風_{かぜ}が涼_{すず}しい。

譯 風很涼爽。

12 | はれる【晴れる】

自下一 （天氣）晴，（雨，雪）停止，放晴

例 空_{そら}が晴_はれる。

譯 天氣放晴。

3-1 身の回り品 /
身邊的物品

01 | かばん【鞄】

(名) 皮包，提包，公事包，書包

(例) かばんを開ける。

(譯) 打開皮包。

02 | にもつ【荷物】

(名) 行李，貨物

(例) 荷物を運ぶ。

(譯) 搬行李。

03 | ぼうし【帽子】

(名) 帽子

(例) 帽子をかぶる。

(譯) 戴帽子。

04 | ネクタイ【necktie】

(名) 領帶

(例) ネクタイを締める。

(譯) 繫領帶。

05 | ハンカチ【handkerchief】

(名) 手帕

(例) ハンカチを洗う。

(譯) 洗手帕。

06 | めがね【眼鏡】

(名) 眼鏡

(例) 眼鏡をかける。

(譯) 戴眼鏡。

07 | さいふ【財布】

(名) 錢包

(例) 財布に入れる。

(譯) 放入錢包。

08 | おかね【お金】

(名) 錢，貨幣

(例) お金はほしくありません。

(譯) 我不想要錢。

09 | たばこ【煙草】

(名) 香煙；煙草

(例) 煙草を吸う。

(譯) 抽煙。

10 | はいざら【灰皿】

(名) 菸灰缸

(例) 灰皿を取る。

(譯) 拿煙灰缸。

11 | マッチ【match】

(名) 火柴；火材盒

(例) マッチをつける。

譯 點火柴。

譯 穿白襯衫。

12 | スリッパ【slipper】
名 室內拖鞋
例 スリッパを履く。
譯 穿拖鞋。

03 | ポケット【pocket】
名 口袋，衣袋
例 ポケットに入れる。
譯 放入口袋。

13 | くつ【靴】
名 鞋子
例 靴を脱ぐ。
譯 脫鞋子。

04 | ふく【服】
名 衣服
例 服を買う。
譯 買衣服。

14 | くつした【靴下】
名 襪子
例 靴下を洗う。
譯 洗襪子。

05 | うわぎ【上着】
名 上衣；外衣
例 上着を脱ぐ。
譯 脫外套。

15 | はこ【箱】
名 盒子，箱子，匣子
例 箱に入れる。
譯 放入箱子。

06 | シャツ【shirt】
名 襯衫
例 シャツにネクタイをする。
譯 在襯衫上繫上領帶。

3-2 衣服 /
衣服

07 | コート【coat】
名 外套，大衣；（西裝的）上衣
例 コートがほしい。
譯 想要有件大衣。

01 | せびろ【背広】
名 （男子穿的）西裝（的上衣）
例 背広を作る。
譯 訂做西裝。

08 | ようふく【洋服】
名 西服，西裝
例 洋服を作る。
譯 做西裝。

02 | ワイシャツ【white shirt】
名 襯衫
例 ワイシャツを着る。

09 | ズボン【(法) jupon】

㊂ 西裝褲；褲子

㊂ ズボンを脱ぐ。

㊂ 脫褲子。

10 | ボタン【(葡)botão button】

㊂ 釦子，鈕釦；按鍵

㊂ ボタンをかける。

㊂ 扣上扣子。

11 | セーター【sweater】

㊂ 毛衣

㊂ セーターを着る。

㊂ 穿毛衣。

12 | スカート【skirt】

㊂ 裙子

㊂ スカートを穿く。

㊂ 穿裙子。

13 | もの【物】

㊂ （有形）物品，東西；（無形的）事物

㊂ 物を売る。

㊂ 賣東西。

3-3 食べ物 (1) /
食物(1)

01 | ごはん【ご飯】

㊂ 米飯；飯食，餐

㊂ ご飯を食べる。

㊂ 吃飯。

02 | あさごはん【朝ご飯】

㊂ 早餐，早飯

㊂ 朝ご飯を食べる。

㊂ 吃早餐。

03 | ひるごはん【昼ご飯】

㊂ 午餐

㊂ 昼ご飯を買う。

㊂ 買午餐。

04 | ばんごはん【晩ご飯】

㊂ 晚餐

㊂ 晩ご飯を作る。

㊂ 做晚餐。

05 | ゆうはん【夕飯】

㊂ 晚飯

㊂ 夕飯を作る。

㊂ 做晚飯。

06 | たべもの【食べ物】

㊂ 食物，吃的東西

㊂ 食べ物を売る。

㊂ 販賣食物。

07 | のみもの【飲み物】

㊂ 飲料

㊂ 飲み物をください。

㊂ 請給我飲料。

08 | おかし【お菓子】

㊂ 點心，糕點

例 お菓子を作る。

譯 做點心。

09｜りょうり【料理】

（名・自他サ）菜餚，飯菜；做菜，烹調

例 料理をする。

譯 做菜。

10｜しょくどう【食堂】

（名）食堂，餐廳，飯館

例 食堂に行く。

譯 去食堂。

11｜かいもの【買い物】

（名）購物，買東西；要買的東西

例 買い物をする。

譯 買東西。

12｜パーティー【party】

（名）（社交性的）集會，晚會，宴會，舞會

例 パーティーを開く。

譯 舉辦派對。

N5 ● 3-3(2)

3-3 食べ物 (2) /
食物 (2)

13｜コーヒー【(荷) koffie】

（名）咖啡

例 コーヒーをいれる。

譯 沖泡咖啡。

14｜ぎゅうにゅう【牛乳】

（名）牛奶

例 牛乳を飲む。

譯 喝牛奶。

15｜おさけ【お酒】

（名）酒（「酒」的鄭重説法）；清酒

例 お酒が嫌いです。

譯 我不喜歡喝酒。

16｜にく【肉】

（名）肉

例 肉料理はおいしい。

譯 肉類菜餚非常可口。

17｜とりにく【鶏肉・鳥肉】

（名）雞肉；鳥肉

例 鳥肉のスープがある。

譯 有雞湯。

18｜みず【水】

（名）水；冷水

例 水を飲む。

譯 喝水。

19｜ぎゅうにく【牛肉】

（名）牛肉

例 牛肉でスープを作る。

譯 用牛肉煮湯。

20｜ぶたにく【豚肉】

（名）豬肉

例 豚肉を食べる。

譯 吃豬肉。

---

21 | おちゃ【お茶】

名 茶，茶葉（「茶」的鄭重説法）；茶道

例 お茶を飲む。

譯 喝茶。

22 | パン【(葡) pão】

名 麵包

例 パンを食べる。

譯 吃麵包。

23 | やさい【野菜】

名 蔬菜，青菜

例 野菜を食べましょう。

譯 吃蔬菜吧！

24 | たまご【卵】

名 蛋，卵；鴨蛋，雞蛋

例 卵を買う。

譯 買雞蛋。

25 | くだもの【果物】

名 水果，鮮果

例 果物を取る。

譯 採摘水果。

3-4 食器、調味料 /
器皿、調味料

01 | バター【butter】

名 奶油

例 バターをつける。

譯 塗奶油。

02 | しょうゆ【醤油】

名 醬油

例 醤油を入れる。

譯 加醬油。

03 | しお【塩】

名 鹽，食鹽

例 塩をかける。

譯 灑鹽。

04 | さとう【砂糖】

名 砂糖

例 砂糖をつける。

譯 沾砂糖。

05 | スプーン【spoon】

名 湯匙

例 スプーンで食べる。

譯 用湯匙吃。

06 | フォーク【fork】

名 叉子，餐叉

例 フォークを使う。

譯 使用叉子。

07 | ナイフ【knife】

名 刀子，小刀，餐刀

例 ナイフで切る。

譯 用刀切開。

08 | おさら【お皿】

名 盤子（「皿」的鄭重説法）

例 お皿を洗う。
譯 洗盤子。

3-5 家 /
住家

---

09 | ちゃわん【茶碗】

名 碗，茶杯，飯碗

例 茶碗に入れる。

譯 盛到碗裡。

01 | いえ【家】

名 房子，房屋；（自己的）家；家庭

例 家は海の側にある。

譯 家在海邊。

---

10 | グラス【glass】

名 玻璃杯；玻璃

例 グラスに入れる。

譯 倒進玻璃杯裡。

02 | うち【家】

名 自己的家裡（庭）；房屋

例 家へ帰る。

譯 回家。

---

11 | はし【箸】

名 筷子，箸

例 箸で食べる。

譯 用筷子吃。

03 | にわ【庭】

名 庭院，院子，院落

例 庭で遊ぶ。

譯 在院子裡玩。

---

12 | コップ【（荷）kop】

名 杯子，玻璃杯

例 コップで飲む。

譯 用杯子喝。

04 | かぎ【鍵】

名 鑰匙；鎖頭；關鍵

例 鍵をかける。

譯 上鎖。

---

13 | カップ【cup】

名 杯子；（有把）茶杯

例 コーヒーカップをあげた。

譯 贈送咖啡杯。

05 | プール【pool】

名 游泳池

例 プールで泳ぐ。

譯 在泳池內游泳。

---

06 | アパート【apartment house 之略】

名 公寓

例 アパートに住む。

譯 住公寓。

07 | いけ【池】

名 池塘；(庭院中的)水池

例 池の周りを散歩する。

譯 在池塘附近散步。

08 | ドア【door】

名 (大多指西式前後推開的)門；(任何出入口的)門

例 ドアを開ける。

譯 開門。

09 | もん【門】

名 門，大門

例 南側の門から入る。

譯 從南側的門進入。

10 | と【戸】

名 (大多指左右拉開的)門；大門

例 戸を閉める。

譯 關門。

11 | いりぐち【入り口】

名 入口，門口

例 入り口から入る。

譯 從入口進入。

12 | でぐち【出口】

名 出口

例 出口を出る。

譯 走出出口。

13 | ところ【所】

名 (所在的)地方，地點

例 便利な所がいい。

譯 我要比較方便的地方。

3-6 部屋、設備 /
房間、設備

01 | つくえ【机】

名 桌子，書桌

例 机の上にカメラがある。

譯 桌上有照相機。

02 | いす【椅子】

名 椅子

例 椅子にかける。

譯 坐在椅子上。

03 | へや【部屋】

名 房間；屋子

例 部屋を掃除する。

譯 打掃房間。

04 | まど【窓】

名 窗戶

例 窓を開ける。

譯 開窗戶。

05 | ベッド【bed】

名 床，床舖

例 ベッドに寝る。

譯 睡在床上。

06 | シャワー【shower】

名 淋浴

例 シャワーを浴びる。
譯 淋浴。

3-7 家具、家電 /
家具、家電

---

07 | トイレ【toilet】
名 廁所，洗手間，盥洗室
例 トイレに行く。
譯 上洗手間。

08 | だいどころ【台所】
名 廚房
例 台所で料理する。
譯 在廚房煮菜。

09 | げんかん【玄関】
名 (建築物的)正門，前門，玄關
例 玄関につく。
譯 到了玄關。

10 | かいだん【階段】
名 樓梯，階梯，台階
例 階段で上がる。
譯 走樓梯上去。

11 | おてあらい【お手洗い】
名 廁所，洗手間，盥洗室
例 お手洗いに行く。
譯 去洗手間。

12 | ふろ【風呂】
名 浴缸，澡盆；洗澡；洗澡熱水
例 風呂に入る。
譯 洗澡。

01 | でんき【電気】
名 電力；電燈；電器
例 電気をつける。
譯 開燈。

02 | とけい【時計】
名 鐘錶，手錶
例 時計が止まる。
譯 手錶停止不動。

03 | でんわ【電話】
名・自サ 電話；打電話
例 電話がかかってきた。
譯 電話鈴響。

04 | ほんだな【本棚】
名 書架，書櫃，書櫥
例 本棚に並べる。
譯 擺在書架上。

05 | ラジカセ【(和)radio ＋ cassette 之略】
名 收錄兩用收音機，錄放音機
例 ラジカセを聴く。
譯 聽收音機。

06 | れいぞうこ【冷蔵庫】
名 冰箱，冷藏室，冷藏庫
例 冷蔵庫に入れる。
譯 放入冰箱。

07 | かびん【花瓶】

名 花瓶

例 花瓶に花を入れる。

譯 把花插入花瓶。

08 | テーブル【table】

名 桌子；餐桌，飯桌

例 テーブルにつく。

譯 入座。

09 | テープレコーダー【tape recorder】

名 磁帶録音機

例 テープレコーダーで聞く。

譯 用録音機收聽。

10 | テレビ【television 之略】

名 電視

例 テレビを見る。

譯 看電視。

11 | ラジオ【radio】

名 收音機；無線電

例 ラジオで勉強をする。

譯 聽收音機學習。

12 | せっけん【石鹸】

名 香皂，肥皂

例 石鹸を塗る。

譯 抹香皂。

13 | ストーブ【stove】

名 火爐，暖爐

例 ストーブをつける。

譯 開暖爐。

3-8 交通 /
交通

01 | はし【橋】

名 橋，橋樑

例 橋を渡る。

譯 過橋。

02 | ちかてつ【地下鉄】

名 地下鐵

例 地下鉄に乗る。

譯 搭地鐵。

03 | ひこうき【飛行機】

名 飛機

例 飛行機に乗る。

譯 搭飛機。

04 | こうさてん【交差点】

名 交差路口

例 交差点を渡る。

譯 過十字路口。

05 | タクシー【taxi】

名 計程車

例 タクシーに乗る。

譯 搭乘計程車。

06 | でんしゃ【電車】

名 電車

例 電車で行く。
譯 搭電車去。

07 | えき【駅】

名 （鐵路的）車站
例 駅でお弁当を買う。
譯 在車站買便當。

08 | くるま【車】

名 車子的總稱，汽車
例 車を運転する。
譯 開車。

09 | じどうしゃ【自動車】

名 車，汽車
例 自動車の工場で働く。
譯 在汽車廠工作。

10 | じてんしゃ【自転車】

名 腳踏車，自行車
例 自転車に乗る。
譯 騎腳踏車。

11 | バス【bus】

名 巴士，公車
例 バスを待つ。
譯 等公車。

12 | エレベーター【elevator】

名 電梯，升降機
例 エレベーターに乗る。
譯 搭電梯。

13 | まち【町】

名 城鎮；町
例 町を歩く。
譯 走在街上。

14 | みち【道】

名 路，道路
例 道に迷う。
譯 迷路。

N5 ● 3-9

3-9 建物 / 建築物

01 | みせ【店】

名 店，商店，店鋪，攤子
例 店を開ける。
譯 商店開門。

02 | えいがかん【映画館】

名 電影院
例 映画館で見る。
譯 在電影院看。

03 | びょういん【病院】

名 醫院
例 病院に行く。
譯 去醫院看病。

04 | たいしかん【大使館】

名 大使館
例 大使館のパーティーに行く。
譯 去參加大使館的宴會。

05 | きっさてん【喫茶店】

(名) 咖啡店

(例) 喫茶店を開く。

(譯) 開咖啡店。

06 | レストラン【(法)restaurant】

(名) 西餐廳

(例) レストランで食事する。

(譯) 在餐廳用餐。

07 | たてもの【建物】

(名) 建築物，房屋

(例) 建物の4階にある。

(譯) 在建築物的四樓。

08 | デパート【department store】

(名) 百貨公司

(例) デパートに行く。

(譯) 去百貨公司。

09 | やおや【八百屋】

(名) 蔬果店，菜舖

(例) 八百屋に行く。

(譯) 去蔬果店。

10 | こうえん【公園】

(名) 公園

(例) 公園で遊ぶ。

(譯) 在公園玩。

11 | ぎんこう【銀行】

(名) 銀行

(例) 銀行は駅の横にある。

(譯) 銀行在車站的旁邊。

12 | ゆうびんきょく【郵便局】

(名) 郵局

(例) 郵便局で働く。

(譯) 在郵局工作。

13 | ホテル【hotel】

(名) (西式)飯店，旅館

(例) ホテルに泊まる。

(譯) 住飯店。

3-10 娯楽、嗜好 /
娛樂、嗜好

01 | えいが【映画】

(名) 電影

(例) 映画が始まる。

(譯) 電影開始播放。

02 | おんがく【音楽】

(名) 音樂

(例) 音楽を習う。

(譯) 學音樂。

03 | レコード【record】

(名) 唱片，黑膠唱片(圓盤形)

(例) レコードを聴く。

(譯) 聽唱片。

04 | テープ【tape】

(名) 膠布；錄音帶，卡帶

例 テープを貼る。
譯 黏膠帶。

05 | ギター【guitar】
名 吉他
例 ギターを弾く。
譯 彈吉他。

06 | うた【歌】
名 歌，歌曲
例 歌が上手だ。
譯 擅長唱歌。

07 | え【絵】
名 畫，圖畫，繪畫
例 絵を描く。
譯 畫圖。

08 | カメラ【camera】
名 照相機；攝影機
例 カメラを買う。
譯 買相機。

09 | しゃしん【写真】
名 照片，相片，攝影
例 写真を撮る。
譯 照相。

10 | フィルム【film】
名 底片，膠片；影片；電影
例 フィルムを入れる。
譯 放入軟片。

11 | がいこく【外国】
名 外國，外洋
例 外国に住む。
譯 住在國外。

12 | くに【国】
名 國家；國土；故鄉
例 国へ帰る。
譯 回國。

3-11 学校 / 學校

01 | がっこう【学校】
名 學校；（有時指）上課
例 学校に行く。
譯 去學校。

02 | だいがく【大学】
名 大學
例 大学に入る。
譯 進大學。

03 | きょうしつ【教室】
名 教室；研究室
例 教室で授業する。
譯 在教室上課。

04 | クラス【class】
名 （學校的）班級；階級，等級
例 クラスで一番足が速い。
譯 班上跑最快的。

05 | せいと【生徒】
名 （中學，高中）學生
例 生徒か先生か知らない。
譯 我不知道是學生還是老師？

06 | がくせい【学生】
名 學生（主要指大專院校的學生）
例 学生を教える。
譯 教學生。

07 | りゅうがくせい【留学生】
名 留學生
例 留学生と交流する。
譯 和留學生交流。

08 | じゅぎょう【授業】
名・自サ 上課，教課，授課
例 授業に出る。
譯 上課。

09 | やすみ【休み】
名 休息；假日，休假；停止營業；缺勤；睡覺
例 休みは明日までだ。
譯 休假到明天為止。

10 | なつやすみ【夏休み】
名 暑假
例 夏休みが始まる。
譯 放暑假。

11 | としょかん【図書館】
名 圖書館

例 図書館で勉強する。
譯 在圖書館唸書。

12 | ニュース【news】
名 新聞，消息
例 ニュースを見る。
譯 看新聞。

13 | びょうき【病気】
名 生病，疾病
例 病気で学校を休む。
譯 因為生病跟學校請假。

14 | かぜ【風邪】
名 感冒，傷風
例 テストの前に風邪を引いた。
譯 考試前得了感冒。

15 | くすり【薬】
名 藥，藥品
例 薬を飲んだので、授業中眠くなる。
譯 吃了藥，上課昏昏欲睡。

3-12 学習 / 學習

01 | ことば【言葉】
名 語言，詞語
例 言葉を覚える。
譯 記住言詞。

02 | はなし【話】
名 話，説話，講話

例 話を始める。
訳 開始説話。

03 | えいご【英語】
名 英語，英文
例 英語の歌を習う。
訳 學英文歌。

04 | もんだい【問題】
名 問題；（需要研究，處理，討論的）事項
例 問題に答える。
訳 回答問題。

05 | しゅくだい【宿題】
名 作業，家庭作業
例 宿題をする。
訳 寫作業。

06 | テスト【test】
名 考試，試驗，檢查
例 テストを受ける。
訳 應考。

07 | いみ【意味】
名 （詞句等）意思，含意 ，意義
例 意味が違う。
訳 意思不相同。

08 | なまえ【名前】
名 （事物與人的）名字，名稱
例 名前を書く。
訳 寫名字。

09 | かたかな【片仮名】
名 片仮名
例 片仮名で書く。
訳 用片仮名寫。

10 | ひらがな【平仮名】
名 平仮名
例 平仮名で書く。
訳 用平仮名寫。

11 | かんじ【漢字】
名 漢字
例 漢字を学ぶ。
訳 學漢字。

12 | さくぶん【作文】
名 作文
例 作文を書く。
訳 寫作文。

N5 3-13

3-13 文房具、出版品 /
文具用品、出版物

01 | ボールペン【ball-point pen】
名 原子筆，鋼珠筆
例 ボールペンで書く。
訳 用原子筆寫。

02 | まんねんひつ【万年筆】
名 鋼筆
例 万年筆を使う。
訳 使用鋼筆。

03 | コピー【copy】

(名・他サ) 拷貝，複製，副本

例 コピーをする。

譯 影印。

---

04 | じびき【字引】

(名) 字典，辭典

例 字引を引く。

譯 查字典。

---

05 | ペン【pen】

(名) 筆，原子筆，鋼筆

例 ペンで書く。

譯 用鋼筆寫。

---

06 | しんぶん【新聞】

(名) 報紙

例 新聞を読む。

譯 看報紙。

---

07 | ほん【本】

(名) 書，書籍

例 本を読む。

譯 看書。

---

08 | ノート【notebook 之略】

(名) 筆記本；備忘錄

例 ノートを取る。

譯 寫筆記。

---

09 | えんぴつ【鉛筆】

(名) 鉛筆

例 鉛筆で書く。

譯 用鉛筆寫。

---

10 | じしょ【辞書】

(名) 字典，辭典

例 辞書で調べる。

譯 查字典。

---

11 | ざっし【雑誌】

(名) 雜誌，期刊

例 雑誌を読む。

譯 閱讀雜誌。

---

12 | かみ【紙】

(名) 紙

例 紙に書く。

譯 寫在紙上。

3-14 仕事、郵便 /
工作、郵局

---

01 | せんせい【先生】

(名) 老師，師傅；醫生，大夫

例 先生になる。

譯 當老師。

---

02 | いしゃ【医者】

(名) 醫生，大夫

例 父は医者だ。

譯 家父是醫生。

---

03 | おまわりさん【お巡りさん】

图（俗稱）警察，巡警
例 お巡りさんに聞く。
譯 問警察先生。

---

04 | かいしゃ【会社】

图 公司；商社
例 会社に行く。
譯 去公司。

---

05 | しごと【仕事】

图 工作；職業
例 仕事を休む。
譯 工作請假。

---

06 | けいかん【警官】

图 警官，警察
例 警官を呼ぶ。
譯 叫警察。

---

07 | はがき【葉書】

图 明信片
例 葉書を出す。
譯 寄明信片。

---

08 | きって【切手】

图 郵票
例 切手を貼る。
譯 貼郵票。

---

09 | てがみ【手紙】

图 信，書信，函
例 手紙を書く。
譯 寫信。

---

10 | ふうとう【封筒】

图 信封，封套
例 封筒を開ける。
譯 拆信。

---

11 | きっぷ【切符】

图 票，車票
例 切符を買う。
譯 買票。

---

12 | ポスト【post】

图 郵筒，信箱
例 ポストに入れる。
譯 投入郵筒。

N5 3-15

3-15 方向、位置 /
方向、位置

01 | ひがし【東】

图 東，東方，東邊
例 東から西へ歩く。
譯 從東向西走。

---

02 | にし【西】

图 西，西邊，西方
例 西に曲がる。
譯 轉向西方。

---

03 | みなみ【南】

图 南，南方，南邊
例 南へ行く。
譯 往南走。

04 | きた【北】

名 北，北方，北邊
例 北の門から入る。
譯 從北門進入。

05 | うえ【上】

名 （位置）上面，上部
例 机の上に封筒がある。
譯 桌上有信封。

06 | した【下】

名 （位置的）下，下面，底下；年紀小
例 いすの下にある。
譯 在椅子下面。

07 | ひだり【左】

名 左，左邊；左手
例 左へ曲がる。
譯 向左轉。

08 | みぎ【右】

名 右，右側，右邊，右方
例 右へ行く。
譯 往右走。

09 | そと【外】

名 外面，外邊；戶外
例 外で遊ぶ。
譯 在外面玩。

10 | なか【中】

名 裡面，內部；其中
例 中に入る。

譯 進去裡面。

11 | まえ【前】

名 （空間的）前，前面
例 ドアの前に立つ。
譯 站在門前。

12 | うしろ【後ろ】

名 後面；背面，背地裡
例 後ろを見る。
譯 看後面。

13 | むこう【向こう】

名 前面，正對面；另一側；那邊
例 向こうに着く。
譯 到那邊。

3-16 位置、距離、重量等 /
位置、距離、重量等

01 | となり【隣】

名 鄰居，鄰家；隔壁，旁邊；鄰近，附近
例 隣に住む。
譯 住在隔壁。

02 | そば【側・傍】

名 旁邊，側邊，附近
例 学校のそばを走る。
譯 在學校附近跑步。

03 | よこ【横】

名 橫；寬；側面；旁邊

例 花屋の横にある。
譯 在花店的旁邊。

---

04 | かど【角】

名 角;(道路的)拐角,角落
例 角を曲がる。
譯 轉彎。

---

05 | ちかく【近く】

名・副 附近,近旁;(時間上)近期,即將
例 近くにある。
譯 在附近。

---

06 | へん【辺】

名 附近,一帶;程度,大致
例 この辺に交番はありますか。
譯 這一帶有派出所嗎?

---

07 | さき【先】

名 先,早;頂端,尖端;前頭,最前端
例 先に着く。
譯 先到。

---

08 | キロ【(法)kilogramme 之略】

名 千克,公斤
例 10 キロもある。
譯 足足有 10公斤。

---

09 | グラム【(法)gramme】

名 公克
例 牛肉を 500 グラム買う。
譯 買 500公克的牛肉。

---

10 | キロ【(法)kilo mêtre 之略】

名 一千公尺,一公里
例 10 キロを歩く。
譯 走 10 公里。

---

11 | メートル【mètre】

名 公尺,米
例 長さ 100 メートルです。
譯 長 100 公尺。

---

12 | はんぶん【半分】

名 半,一半,二分之一
例 半分に切る。
譯 切成兩半。

---

13 | つぎ【次】

名 下次,下回,接下來;第二,其次
例 次の駅で降りる。
譯 下一站下車。

---

14 | いくら【幾ら】

名 多少(錢,價格,數量等)
例 いくらですか。
譯 多少錢?

パート 4 第四章 状態を表す形容詞
- 表示狀態的形容詞 -

4-1 相対的なことば /
意思相對的詞

01 | あつい【熱い】
形 （温度）熱的，燙的
例 熱いお茶を飲む。
譯 喝熱茶。

02 | つめたい【冷たい】
形 冷，涼；冷淡，不熱情
例 風が冷たい。
譯 寒風冷冽。

03 | あたらしい【新しい】
形 新的；新鮮的；時髦的
例 新しい家に住む。
譯 入住新家。

04 | ふるい【古い】
形 以往；老舊，年久，老式
例 古い服で作った。
譯 用舊衣服做的。

05 | あつい【厚い】
形 厚；（感情，友情）深厚，優厚
例 厚いコートを着る。
譯 穿厚的外套。

06 | うすい【薄い】
形 薄；淡，淺；待人冷淡；稀少
例 薄い紙がいい。
譯 我要薄的紙。

07 | あまい【甘い】
形 甜的；甜蜜的
例 甘い菓子が食べたい。
譯 想吃甜點。

08 | からい【辛い・鹹い】
形 辣，辛辣；鹹的；嚴格
例 辛い料理が食べたい。
譯 我想吃辣的菜。

09 | いい・よい【良い】
形 好，佳，良好；可以
例 良い人が多い。
譯 好人很多。

10 | わるい【悪い】
形 不好，壞的；不對，錯誤
例 頭が悪い。
譯 頭腦差。

11 | いそがしい【忙しい】
形 忙，忙碌

例 仕事が忙しい。
譯 工作繁忙。

12 | ひま【暇】

名・形動 時間，功夫；空閒時間，暇餘
例 暇がある。
譯 有空。

13 | きらい【嫌い】

形動 嫌惡，厭惡，不喜歡
例 勉強が嫌い。
譯 討厭唸書。

14 | すき【好き】

名・形動 喜好，愛好；愛，產生感情
例 運動が好きだ。
譯 喜歡運動。

15 | おいしい【美味しい】

形 美味的，可口的，好吃的
例 美味しい料理を食べた。
譯 吃了美味的佳餚。

16 | まずい【不味い】

形 不好吃，難吃
例 食事がまずい。
譯 菜很難吃。

17 | おおい【多い】

形 多，多的
例 宿題が多い。
譯 功課很多。

18 | すくない【少ない】

形 少，不多
例 友達が少ない。
譯 朋友很少。

19 | おおきい【大きい】

形 (數量，體積，身高等)大，巨大；(程度，範圍等)大，廣大
例 大きい家がほしい。
譯 我想要有間大房子。

20 | ちいさい【小さい】

形 小的；微少，輕微；幼小的
例 小さい子供がいる。
譯 有年幼的小孩。

21 | おもい【重い】

形 (份量)重，沉重
例 荷物はとても重い。
譯 行李很重。

22 | かるい【軽い】

形 輕的，輕快的；(程度)輕微的；輕鬆的
例 軽いほうがいい。
譯 我要輕的。

23 | おもしろい【面白い】

形 好玩；有趣，新奇；可笑的
例 漫画が面白い。
譯 漫畫很有趣。

24 | つまらない

形 無趣，沒意思；無意義

例 テレビがつまらない。

譯 電視很無趣。

25 | きたない【汚い】

形 骯髒；(看上去)雜亂無章，亂七八糟

例 手が汚い。

譯 手很髒。

26 | きれい【綺麗】

形動 漂亮，好看；整潔，乾淨

例 花がきれいだね。

譯 這花真美啊！

27 | しずか【静か】

形動 靜止；平靜，沈穩；慢慢，輕輕

例 静かになる。

譯 變安靜。

28 | にぎやか【賑やか】

形動 熱鬧，繁華；有說有笑，鬧哄哄

例 にぎやかな町がある。

譯 有熱鬧的大街。

29 | じょうず【上手】

名・形動 (某種技術等)擅長，高明，厲害

例 料理が上手だ。

譯 很會作菜。

30 | へた【下手】

名・形動 (技術等)不高明，不擅長，笨拙

例 字が下手だ。

譯 寫字不好看。

31 | せまい【狭い】

形 狹窄，狹小，狹隘

例 部屋が狭い。

譯 房間很窄小。

32 | ひろい【広い】

形 (面積，空間)廣大，寬廣；(幅度)寬闊；(範圍)廣泛

例 庭が広い。

譯 庭院很大。

33 | たかい【高い】

形 (價錢)貴；(程度，數量，身材等)高，高的

例 山が高い。

譯 山很高。

34 | ひくい【低い】

形 低，矮；卑微，低賤

例 背が低い。

譯 個子矮小。

35 | ちかい【近い】

形 (距離，時間)近，接近，靠近

例 駅に近い。

譯 離車站近。

36 | とおい【遠い】

形 (距離)遠；(關係)遠，疏遠；(時間間隔)久遠

例 学校に遠い。

譯 離學校遠。

37 | つよい【強い】

㊙ 強悍，有力；強壯，結實；擅長的
例 強く押してください。
譯 請用力往下按壓。

38 | よわい【弱い】

㊙ 弱的；不擅長
例 体が弱い。
譯 身體虛弱。

39 | ながい【長い】

㊙ (時間、距離)長，長久，長遠
例 スカートを長くする。
譯 把裙子放長。

40 | みじかい【短い】

㊙ (時間)短少；(距離，長度等)短，近
例 髪が短い。
譯 頭髮短。

41 | ふとい【太い】

㊙ 粗，肥胖
例 線が太い。
譯 線條粗。

42 | ほそい【細い】

㊙ 細，細小；狹窄
例 体が細い。
譯 身材纖細。

43 | むずかしい【難しい】

㊙ 難，困難，難辦；麻煩，複雜
例 問題が難しい。

譯 問題很難。

44 | やさしい【易しい】

㊙ 簡單，容易，易懂
例 やさしい本が出ている。
譯 簡單易懂的書出版了。

45 | あかるい【明るい】

㊙ 明亮；光明，明朗；鮮豔
例 部屋が明るい。
譯 明亮的房間。

46 | くらい【暗い】

㊙ (光線)暗，黑暗；(顏色)發暗，發黑
例 部屋が暗い。
譯 房間陰暗。

47 | はやい【速い】

㊙ (速度等)快速
例 速く走る。
譯 快跑。

48 | おそい【遅い】

㊙ (速度上)慢，緩慢；(時間上)遲的，晚到的；趕不上
例 足が遅い。
譯 走路慢。

4-2 その他の形容詞 /
其他形容詞

01 | あたたかい【暖かい】
形 温暖的；溫和的
例 暖かい天気が好きだ。
譯 我喜歡暖和的天氣。

02 | あぶない【危ない】
形 危險，不安全；令人擔心；（形勢，病情等）危急
例 子供が危ない。
譯 孩子有危險。

03 | いたい【痛い】
形 疼痛；（因為遭受打擊而）痛苦，難過
例 お腹が痛い。
譯 肚子痛。

04 | かわいい【可愛い】
形 可愛，討人喜愛；小巧玲瓏
例 人形がかわいい。
譯 娃娃很可愛。

05 | たのしい【楽しい】
形 快樂，愉快，高興
例 楽しい時間をありがとう。
譯 謝謝和你度過歡樂的時光。

06 | ない【無い】
形 沒，沒有；無，不在
例 お金がない。
譯 沒錢。

07 | はやい【早い】
形 （時間等）快，早；（動作等）迅速
例 電車のほうが早い。
譯 電車比較快。

08 | まるい【丸い・円い】
形 圓形，球形
例 月が丸い。
譯 月圓。

09 | やすい【安い】
形 便宜，（價錢）低廉
例 値段が安い。
譯 價錢便宜。

10 | わかい【若い】
形 年輕；年紀小；有朝氣
例 若くて綺麗だ。
譯 年輕又漂亮。

4-3 その他の形容動詞 /
其他形容動詞

01 | いや【嫌】
形動 討厭，不喜歡，不願意；厭煩
例 いやな奴が来た。
譯 討人厭的傢伙來了。

02 | いろいろ【色々】
名・形動・副 各種各樣，各式各樣，形形色色
例 いろいろな物があるね。
譯 有各式各樣的物品呢！

03 | おなじ【同じ】

(名・連體・副) 相同的，一樣的，同等的；同一個

例 同じ服を着ている。

譯 穿著同樣的衣服。

04 | けっこう【結構】

(形動・副) 很好，出色；可以，足夠；（表示否定）不要；相當

例 結構な物をありがとう。

譯 謝謝你送我這麼好的禮物。

05 | げんき【元気】

(名・形動) 精神，朝氣；健康

例 元気を出しなさい。

譯 拿出精神來。

06 | じょうぶ【丈夫】

(形動) （身體）健壯，健康；堅固，結實

例 体が丈夫になる。

譯 身體變強壯。

07 | だいじょうぶ【大丈夫】

(形動) 牢固，可靠；放心，沒問題，沒關係

例 食べても大丈夫だ。

譯 可以放心食用。

08 | だいすき【大好き】

(形動) 非常喜歡，最喜好

例 甘いものが大好きだ。

譯 最喜歡甜食。

09 | たいせつ【大切】

(形動) 重要，要緊；心愛，珍惜

例 大切にする。

譯 珍惜。

10 | たいへん【大変】

(副・形動) 很，非常，太；不得了

例 大変な雨だった。

譯 一場好大的雨。

11 | べんり【便利】

(形動) 方便，便利

例 車は電車より便利だ。

譯 汽車比電車方便。

12 | ほんとう【本当】

(名・形動) 真正

例 その話は本当だ。

譯 這話是真的。

13 | ゆうめい【有名】

(形動) 有名，聞名，著名

例 ここは有名なレストランです。

譯 這是一家著名的餐廳。

14 | りっぱ【立派】

(形動) 了不起，出色，優秀；漂亮，美觀

例 立派な建物に住む。

譯 我住在一棟氣派的建築物裡。

動作を表す動詞

- 表示動作的動詞 -

5-1 相対的なことば /
意思相對的詞

01 | とぶ【飛ぶ】
自五 飛，飛行，飛翔
例 飛行機が飛ぶ。
譯 飛機飛行。

02 | あるく【歩く】
自五 走路，步行
例 駅まで歩く。
譯 走到車站。

03 | いれる【入れる】
他下一 放入，裝進；送進，收容；計算
進去
例 箱に入れる。
譯 放入箱內。

04 | だす【出す】
他五 拿出，取出；提出；寄出
例 お金を出す。
譯 出錢。

05 | いく・ゆく【行く】
自五 去，往；離去；經過，走過
例 会社へ行く。
譯 去公司。

06 | くる【来る】
自カ （空間，時間上的）來；到來
例 電車が来る。
譯 電車抵達。

07 | うる【売る】
他五 賣，販賣；出賣
例 車を売る。
譯 銷售汽車。

08 | かう【買う】
他五 購買
例 本を買う。
譯 買書。

09 | おす【押す】
他五 推，擠；壓，按 ；蓋章
例 ボタンを押す。
譯 按按鈕。

10 | ひく【引く】
他五 拉，拖；翻查；感染（傷風感冒）
例 線を引く。
譯 拉線。

11 | おりる【下りる・降りる】
自上一【下りる】（從高處）下來，降落；（霜
雪等）落下；【降りる】（從車，船等）下來

例 バスから降りる。
譯 從公車上下來。

12 | のる【乗る】

(自五) 騎乘，坐；登上
例 車に乗る。
譯 坐車。

13 | かす【貸す】

(他五) 借出，借給；出租；提供幫助（智慧與力量）
例 お金を貸す。
譯 借錢給別人。

14 | かりる【借りる】

(他上一) 借進（錢、東西等）；借助
例 本を借りる。
譯 借書。

15 | すわる【座る】

(自五) 坐，跪座
例 床に座る。
譯 坐在地板上。

16 | たつ【立つ】

(自五) 站立；冒，升；出發
例 席を立つ。
譯 離開座位。

17 | たべる【食べる】

(他下一) 吃
例 ご飯を食べる。
譯 吃飯。

18 | のむ【飲む】

(他五) 喝，吞，嚥，吃（藥）
例 薬を飲む。
譯 吃藥。

19 | でかける【出掛ける】

(自下一) 出去，出門，到…去；要出去
例 姉と出かける。
譯 跟妹妹出門。

20 | かえる【帰る】

(自五) 回來，回家；歸去；歸還
例 家に帰る。
譯 回家。

21 | でる【出る】

(自下一) 出來，出去；離開
例 電話に出る。
譯 接電話。

22 | はいる【入る】

(自五) 進，進入；裝入，放入
例 耳に入る。
譯 聽到。

23 | おきる【起きる】

(自上一) （倒著的東西）起來，立起來，坐起來；起床
例 六時に起きる。
譯 六點起床。

24 | ねる【寝る】

(自下一) 睡覺，就寢；躺下，臥

例 よく寝る。

譯 睡得好。

25 | ぬぐ【脱ぐ】

(他五) 脱去，脱掉，摘掉

例 靴を脱ぐ。

譯 脱鞋子。

26 | きる【着る】

(他上一)（穿）衣服

例 上着を着る。

譯 穿外套。

27 | やすむ【休む】

(他五·自五) 休息，歇息；停歇；睡，就寢；請假，缺勤

例 部屋で休もうか。

譯 進房休息一下吧。

28 | はたらく【働く】

(自五) 工作，勞動，做工

例 会社で働く。

譯 在公司上班。

29 | うまれる【生まれる】

(自下一) 出生；出現

例 子供が生まれる。

譯 孩子出生。

30 | しぬ【死ぬ】

(自五) 死亡

例 病院で死ぬ。

譯 在醫院過世。

31 | おぼえる【覚える】

(他下一) 記住，記得；學會，掌握

例 単語を覚える。

譯 背單字。

32 | わすれる【忘れる】

(他下一) 忘記，忘掉；忘懷，忘卻；遺忘

例 宿題を忘れる。

譯 忘記寫功課。

33 | おしえる【教える】

(他下一) 教授；指導；教訓；告訴

例 日本語を教える。

譯 教日語。

34 | ならう【習う】

(他五) 學習；練習

例 先生に習う。

譯 向老師學習。

35 | よむ【読む】

(他五) 閱讀，看；唸，朗讀

例 小説を読む。

譯 看小説。

36 | かく【書く】

(他五) 寫，書寫；作(畫)；寫作(文章等)

例 手紙を書く。

譯 寫信。

37 | わかる【分かる】
自五 知道，明白；懂得，理解
例 意味がわかる。
譯 明白意思。

38 | こまる【困る】
自五 感到傷腦筋，困擾；難受，苦惱；沒有辦法
例 お金がなくて困る。
譯 沒有錢，傷透腦筋。

39 | きく【聞く】
他五 聽，聽到；聽從，答應；詢問
例 話を聞く。
譯 聽對方講話。

40 | はなす【話す】
他五 說，講；談話；告訴（別人）
例 英語で話す。
譯 用英語說。

41 | かく【描く】
他五 畫，繪製；描寫，描繪
例 絵を描く。
譯 畫圖。

N5 ● 5-2

5-2 自動詞、他動詞 /
自動詞、他動詞

01 | あく【開く】
自五 開，打開；開始，開業
例 窓が開く。
譯 窗戶打開了。

02 | あける【開ける】
他下一 打開，開（著）；開業
例 箱を開ける。
譯 打開箱子。

03 | かかる【掛かる】
自五 懸掛，掛上；覆蓋；花費
例 壁に掛かる。
譯 掛在牆上。

04 | かける【掛ける】
他下一 掛在（牆壁）；戴上（眼鏡）；捆上，打（電話）
例 壁に絵を掛ける。
譯 把畫掛在牆上。

05 | きえる【消える】
自下一 （燈，火等）熄滅；（雪等）融化；消失，看不見
例 火が消える。
譯 火熄滅。

06 | けす【消す】
他五 熄掉，撲滅，關掉，弄滅；消失，抹去
例 電気を消す。
譯 關電燈。

07 | しまる【閉まる】
自五 關閉；關門，停止營業
例 ドアが閉まる。
譯 門關了起來。

08 | しめる【閉める】

(他下一) 關閉，合上；繫緊，束緊

例 窓を閉める。

譯 關窗戶。

09 | ならぶ【並ぶ】

(自五) 並排，並列，列隊

例 1時間も並ぶ。

譯 足足排了一個小時。

10 | ならべる【並べる】

(他下一) 排列；並排；陳列；擺，擺放

例 靴を並べる。

譯 擺放靴子。

11 | はじまる【始まる】

(自五) 開始，開頭；發生

例 授業が始まる。

譯 開始上課。

12 | はじめる【始める】

(他下一) 開始，創始

例 仕事を始める。

譯 開始工作。

5-3 する動詞 /
する動詞

01 | する

(自・他サ) 做，進行

例 料理をする。

譯 做料理。

02 | せんたく【洗濯】

(名・他サ) 洗衣服，清洗，洗滌

例 洗濯をする。

譯 洗衣服。

03 | そうじ【掃除】

(名・他サ) 打掃，清掃，掃除

例 庭を掃除する。

譯 清掃庭院。

04 | りょこう【旅行】

(名・自サ) 旅行，旅遊，遊歷

例 世界を旅行する。

譯 環遊世界。

05 | さんぽ【散歩】

(名・自サ) 散步，隨便走走

例 公園を散歩する。

譯 在公園散步。

06 | べんきょう【勉強】

(名・自他サ) 努力學習，唸書

例 勉強ができる。

譯 會讀書。

07 | れんしゅう【練習】

(名・他サ) 練習，反覆學習

例 カラオケの練習をする。

譯 練習卡拉 OK。

08 | けっこん【結婚】

(名・自サ) 結婚

例 私と結婚してください。

譯 請跟我結婚。

09 | しつもん【質問】
名・自サ 提問，詢問
例 質問に答える。
譯 回答問題。

5-4 その他の動詞 /
其他動詞

01 | あう【会う】
自五 見面，會面；偶遇，碰見
例 両親に会う。
譯 跟父母親見面。

02 | あげる【上げる】
他下一 舉起；抬起
例 手を上げる。
譯 舉手。

03 | あそぶ【遊ぶ】
自五 遊玩；閒著；旅行；沒工作
例 京都で遊ぶ。
譯 遊京都。

04 | あびる【浴びる】
他上一 淋，浴，澆；照，曬
例 シャワーを浴びる。
譯 淋浴。

05 | あらう【洗う】
他五 沖洗，清洗；洗滌
例 顔を洗う。

譯 洗臉。

06 | ある【在る】
自五 在，存在
例 台所にある。
譯 在廚房。

07 | ある【有る】
自五 有，持有，具有
例 お金がある。
譯 有錢。

08 | いう【言う】
自・他五 說，講；說話，講話
例 お礼を言う。
譯 道謝。

09 | いる【居る】
自上一 （人或動物的存在）有，在；居住在
例 子供がいる。
譯 有小孩。

10 | いる【要る】
自五 要，需要，必要
例 時間がいる。
譯 需要花時間。

11 | うたう【歌う】
他五 唱歌；歌頌
例 歌を歌う。
譯 唱歌。

12 | おく【置く】

他五 放，放置；放下，留下，丟下

例 テーブルにおく。

譯 放在桌上。

13 | およぐ【泳ぐ】

自五 (人，魚等在水中)游泳；穿過，擠過

例 海で泳ぐ。

譯 在海中游泳。

14 | おわる【終わる】

自五 完畢，結束，終了

例 一日が終わる。

譯 一天結束了。

15 | かえす【返す】

他五 還，歸還，退還；送回(原處)

例 本を返す。

譯 歸還書籍。

16 | かぶる【被る】

他五 戴(帽子等)；(從頭上)蒙，蓋(被子)；
(從頭上)套，穿

例 帽子をかぶる。

譯 戴帽子。

17 | きる【切る】

他五 切，剪，裁剪；切傷

例 髪を切る。

譯 剪頭髮。

18 | ください【下さい】

補助 (表請求對方作)請給(我)；請…

例 手紙をください。

譯 請寫信給我。

19 | こたえる【答える】

自下一 回答，答覆；解答

例 問題に答える。

譯 回答問題。

20 | さく【咲く】

自五 開(花)

例 花が咲く。

譯 開花。

21 | さす【差す】

他五 撐(傘等)；插

例 傘をさす。

譯 撐傘。

22 | しめる【締める】

他下一 勒緊；繫著；關閉

例 ネクタイを締める。

譯 打領帶。

23 | しる【知る】

他五 知道，得知；理解；認識；學會

例 何も知りません。

譯 什麼都不知道。

24 | すう【吸う】

他五 吸，抽；啜；吸收

例 煙草を吸う。

譯 抽煙。

25 | すむ【住む】

自五 住，居住；(動物)棲息，生存

例 アパートに住む。

譯 住公寓。

26 | たのむ【頼む】

他五 請求，要求；委託，託付；依靠

例 仕事を頼む。

譯 委託工作。

27 | ちがう【違う】

自五 不同，差異；錯誤；違反，不符

例 意味が違う。

譯 意思不同。

28 | つかう【使う】

他五 使用；雇傭；花費

例 頭を使う。

譯 動腦。

29 | つかれる【疲れる】

自下一 疲倦，疲勞

例 体が疲れる。

譯 身體疲累。

30 | つく【着く】

自五 到，到達，抵達；寄到

例 空港に着く。

譯 抵達機場。

31 | つくる【作る】

他五 做，造；創造；寫，創作

例 紙で箱を作る。

譯 用紙張做箱子。

32 | つける【点ける】

他下一 點(火)，點燃；扭開(開關)，打開

例 火をつける。

譯 點火。

33 | つとめる【勤める】

他下一 工作，任職；擔任(某職務)

例 会社に勤める。

譯 在公司上班。

34 | できる【出来る】

自上一 能，可以，辦得到；做好，做完

例 英語ができる。

譯 我會英語。

35 | とまる【止まる】

自五 停，停止，停靠；停頓；中斷

例 時計が止まる。

譯 時鐘停了。

36 | とる【取る】

他五 拿取，執，握；採取，摘；(用手)操控

例 辞書を取ってください。

譯 請拿辭典。

37 | とる【撮る】

他五 拍照，拍攝

例 写真を撮る。

譯 照相。

38｜なく【鳴く】

自五（鳥，獸，虫等）叫，鳴

例 鳥が鳴く。

譯 鳥叫。

39｜なくす【無くす】

他五 丟失；消除

例 財布をなくす。

譯 弄丟錢包。

40｜なる【為る】

自五 成為，變成；當（上）

例 金持ちになる。

譯 變成有錢人。

41｜のぼる【登る】

自五 登，上；攀登（山）

例 山に登る。

譯 爬山。

42｜はく【履く・穿く】

他五 穿（鞋，襪；褲子等）

例 靴を履く。

譯 穿鞋子。

43｜はしる【走る】

自五（人，動物）跑步，奔跑；（車，船等）行駛

例 一生懸命に走る。

譯 拼命地跑。

44｜はる【貼る・張る】

他五 貼上，糊上，黏上

例 切手を貼る。

譯 貼郵票。

45｜ひく【弾く】

他五 彈，彈奏，彈撥

例 ピアノを弾く。

譯 彈鋼琴。

46｜ふく【吹く】

自五（風）刮，吹；（緊縮嘴唇）吹氣

例 風が吹く。

譯 颳風。

47｜ふる【降る】

自五 落，下，降（雨，雪，霜等）

例 雨が降る。

譯 下雨。

48｜まがる【曲がる】

自五 彎曲；拐彎

例 左に曲がる。

譯 左轉。

49｜まつ【待つ】

他五 等候，等待；期待，指望

例 バスを待つ。

譯 等公車。

50｜みがく【磨く】

他五 刷洗，擦亮；研磨，琢磨

例 歯を磨く。

譯 刷牙。

51 | みせる【見せる】

他下一 讓…看，給…看
例 定期券を見せる。
譯 出示月票。

52 | みる【見る】

他上一 看，觀看，察看；照料；參觀
例 テレビを見る。
譯 看電視。

53 | もうす【申す】

他五 叫做，稱；説，告訴
例 山田と申します。
譯 （我）叫做山田。

54 | もつ【持つ】

他五 拿，帶，持，攜帶
例 荷物を持つ。
譯 拿行李。

55 | やる

他五 做，進行；派遣；給予
例 宿題をやる。
譯 做作業。

56 | よぶ【呼ぶ】

他五 呼叫，招呼；邀請；叫來；叫做，稱為
例 タクシーを呼ぶ。
譯 叫計程車。

57 | わたる【渡る】

自五 渡，過（河）；（從海外）渡來

例 道を渡る。
譯 過馬路。

58 | わたす【渡す】

他五 交給，交付
例 本を渡す。
譯 交付書籍。

パート 6 第六章

付録
- 附録 -

6-1 時間、時 /
時間、時候

01 | おととい【一昨日】
图 前天
例 一昨日の朝に卵を食べた。
譯 前天早上吃了雞蛋。

02 | きのう【昨日】
图 昨天；近來，最近；過去
例 昨日は雨だ。
譯 昨天下雨。

03 | きょう【今日】
图 今天
例 今日は晴れだ。
譯 今天天晴。

04 | いま【今】
图 現在，此刻
副 （表最近的將來）馬上；剛才
例 今は使わない。
譯 現在不使用。

05 | あした【明日】
图 明天
例 明日は朝が早い。
譯 明天早上要早起。

06 | あさって【明後日】
图 後天
例 明後日帰る。
譯 後天回去。

07 | まいにち【毎日】
图 每天，每日，天天
例 毎日プールで泳ぐ。
譯 每天都在游泳池游泳。

08 | あさ【朝】
图 早上，早晨；早上，午前
例 朝になる。
譯 天亮。

09 | けさ【今朝】
图 今天早上
例 今朝届く。
譯 今天早上送達。

10 | まいあさ【毎朝】
图 每天早上
例 毎朝散歩する。
譯 每天早上散步。

11 | ひる【昼】
图 中午；白天，白晝；午飯
例 昼休みに銀行へ行く。

譯 午休去銀行。

12 | ごぜん【午前】

名 上午，午前

例 午前中だけ働く。

譯 只有上午上班。

13 | ごご【午後】

名 下午，午後，後半天

例 午後につく。

譯 下午到達。

14 | ゆうがた【夕方】

名 傍晚

例 夕方になる。

譯 到了傍晚。

15 | ばん【晩】

名 晚，晚上

例 朝から晩まで働く。

譯 從早工作到晚。

16 | よる【夜】

名 晚上，夜裡

例 夜になる。

譯 晚上了。

17 | ゆうべ【夕べ】

名 昨天晚上，昨夜；傍晚

例 夕べから熱がある。

譯 從昨晚就開始發燒。

18 | こんばん【今晩】

名 今天晚上，今夜

例 今晩は泊まる。

譯 今天晚上住下。

19 | まいばん【毎晩】

名 每天晚上

例 毎晩帰りが遅い。

譯 每晚都晚歸。

20 | あと【後】

名 (地點)後面；(時間)以後；(順序)之後；(將來的事)以後

例 後から行く。

譯 隨後就去。

21 | はじめ【初め】

名 開始，起頭；起因

例 初めて食べた。

譯 第一次嘗到。

22 | じかん【時間】

名 時間，功夫；時刻，鐘點

例 時間に遅れる。

譯 遲到。

23 | じかん【時間】

接尾 …小時，…點鐘

例 二十四時間かかる。

譯 需花費二十四小時。

24 | いつ【何時】

代 何時，幾時，什麼時候；平時

例 いつ来る。

譯 什麼時候來？

6-2 年、月 /
年、月份

01 | せんげつ【先月】

名 上個月
例 先月 10 日に会った。
譯 上個月 10號碰過面。

02 | こんげつ【今月】

名 這個月
例 今月は休みが少ない。
譯 這個月休假較少。

03 | らいげつ【来月】

名 下個月
例 来月から始まる。
譯 下個月開始。

04 | まいげつ・まいつき【毎月】

名 每個月
例 毎月服の雑誌を買う。
譯 每月都購買服飾雜誌。

05 | ひとつき【一月】

名 一個月
例 一月休む。
譯 休息一個月。

06 | おととし【一昨年】

名 前年
例 一昨年日本に旅行に行った。
譯 前年去日本旅行。

07 | きょねん【去年】

名 去年
例 去年来た。
譯 去年來的。

08 | ことし【今年】

名 今年
例 今年は結婚する。
譯 今年要結婚。

09 | らいねん【来年】

名 明年
例 来年のカレンダーをもらう。
譯 拿到明年月曆。

10 | さらいねん【再来年】

名 後年
例 再来年まで勉強します。
譯 讀到後年。

11 | まいとし・まいねん【毎年】

名 每年
例 毎年咲く。
譯 每年都綻放。

12 | とし【年】

名 年；年紀
例 年をとる。
譯 上年紀。

13 | とき【時】

名 （某個）時候
例 本を読むとき、音楽を聴く。

譯 看書的時候，聽音樂。

6-3 代名詞 /
代名詞

01 | これ
代 這個，此；這人；現在，此時
例 これは自転車だ。
譯 這是自行車。

02 | それ
代 那，那個；那時，那裡；那樣
例 それを見せてください。
譯 給我看那個。

03 | あれ
代 那，那個；那時；那裡
例 あれがほしい。
譯 想要那個。

04 | どれ
代 哪個
例 どれがいい。
譯 哪一個比較好？

05 | ここ
代 這裡；(表時間)最近，目前
例 ここに置く。
譯 放這裡。

06 | そこ
代 那兒，那邊
例 そこで待つ。

07 | あそこ
代 那邊，那裡
例 あそこにある。
譯 在那裡。

08 | どこ
代 何處，哪兒，哪裡
例 どこへ行く。
譯 要去哪裡？

09 | こちら
代 這邊，這裡，這方面；這位；我，
我們(口語為「こっち」)
例 こちらが山田さんです。
譯 這位是山田小姐。

10 | そちら
代 那兒，那裡；那位，那個；府上，
貴處(口語為「そっち」)
例 そちらはどんな天気ですか。
譯 你那邊天氣如何呢？

11 | あちら
代 那兒，那裡；那個；那位
例 あちらへ行く。
譯 去那裡。

12 | どちら
代 (方向，地點，事物，人等)哪裡，
哪個，哪位(口語為「どっち」)
例 どちらでも良い。
譯 哪一個都好。

13 | この

(連體) 這…，這個…

(例) このボタンを押す。

(譯) 按下這個按鈕。

14 | その

(連體) 那…，那個…

(例) その時出かけた。

(譯) 那個時候外出了。

15 | あの

(連體)（表第三人稱，離說話雙方都距離遠的）那，那裡，那個

(例) あの店で働く。

(譯) 在那家店工作。

16 | どの

(連體) 哪個，哪…

(例) どの席がいい。

(譯) 哪個位子好呢？

17 | こんな

(連體) 這樣的，這種的

(例) こんな時にすみません。

(譯) 在這種情況之下真是抱歉。

18 | どんな

(連體) 什麼樣的

(例) どんな時も楽しくやる。

(譯) 無論何時都要玩得開心。

19 | だれ【誰】

(代) 誰，哪位

(例) 誰もいない。

(譯) 沒有人。

20 | だれか【誰か】

(代) 某人；有人

(例) 誰か来た。

(譯) 有誰來了。

21 | どなた

(代) 哪位，誰

(例) どなた様ですか。

(譯) 請問是哪位？

22 | なに・なん【何】

(代) 什麼；任何

(例) これは何ですか。

(譯) 這是什麼？

6-4 感嘆詞、接続詞 / 感嘆詞、接續詞

01 | ああ

(感)（表驚訝等）啊，唉呀；（表肯定）哦；嗯

(例) ああ、そうですか。

(譯) 啊！是嗎！

02 | あのう

(感) 那個，請問，喂；啊，嗯（招呼人時，說話躊躇或不能馬上說出下文時）

(例) あのう、すみません。

(譯) 不好意思，請問一下。

03 | いいえ

感（用於否定）不是，不對，沒有

例 いいえ、まだです。
譯 不，還沒有。

---

04 | ええ

感（用降調表示肯定）是的，嗯；（用升調表示驚訝）哎呀，啊

例 ええ、そうです。
譯 嗯，是的。

---

05 | さあ

感（表示勸誘，催促）來；表躊躇，遲疑的聲音

例 さあ、行こう。
譯 來，走吧。

---

06 | じゃ・じゃあ

感 那麼（就）

例 じゃ、さようなら。
譯 那麼，再見。

---

07 | そう

感（回答）是，沒錯

例 そうです。私が佐藤です。
譯 是的，我是佐藤。

---

08 | では

接續 那麼，那麼説，要是那樣

例 では、失礼します。
譯 那麼，先告辭了。

---

09 | はい

感（回答）有，到；（表示同意）是的

例 はい、そうです。
譯 是，沒錯。

10 | もしもし

感（打電話）喂；喂〈叫住對方〉

例 もしもし、田中です。
譯 喂，我是田中。

---

11 | しかし

接續 然而，但是，可是

例 このラーメンはおいしい。しかし、あのラーメンはまずい。
譯 這碗拉麵很好吃，但是那碗很難吃。

---

12 | そうして・そして

接續 然後；而且；於是；又

例 このパンはおいしい。そして、あのパンもおいしい。
譯 這麵包好吃，還有，那麵包也好吃。

---

13 | それから

接續 還有；其次，然後；（催促對方談話時）後來怎樣

例 風呂に入って、それから寝ました。
譯 先洗了澡，然後就睡了。

---

14 | それでは

接續 那麼，那就；如果那樣的話

例 それでは、さようなら。
譯 那麼，再見。

15│でも

接續 可是，但是，不過；話雖如此

例 昨日はとても楽しかった。でも、疲れた。

譯 昨天實在玩得很開心，不過，也累壞了。

6-5 副詞、副助詞 /
副詞、副助詞

01│あまり【余り】

副 (後接否定)不太…，不怎麼…；過分，非常

例 あまり高くない。

譯 不太貴。

- - - - - - - - - - - - - - - - - -

02│いちいち【一々】

副 一一，一個一個；全部；詳細

例 いちいち聞く。

譯 一一詢問。

- - - - - - - - - - - - - - - - - -

03│いちばん【一番】

名・副 最初，第一；最好，最優秀

例 一番安いものを買う。

譯 買最便宜的。

- - - - - - - - - - - - - - - - - -

04│いつも【何時も】

副 經常，隨時，無論何時

例 いつも家にいない。

譯 經常不在家。

- - - - - - - - - - - - - - - - - -

05│すぐ

副 馬上，立刻；(距離)很近

例 すぐ行く。

譯 馬上去。

06│すこし【少し】

副 一下子；少量，稍微，一點

例 もう少しやさしい本がいい。

譯 再容易一點的書籍比較好。

- - - - - - - - - - - - - - - - - -

07│ぜんぶ【全部】

名 全部，總共

例 全部答える。

譯 全部回答。

- - - - - - - - - - - - - - - - - -

08│たいてい【大抵】

副 大部分，差不多；(下接推量)多半；(接否定)一般

例 大抵分かる。

譯 大概都知道。

- - - - - - - - - - - - - - - - - -

09│たいへん【大変】

副・形動 很，非常，太；不得了

例 大変な雨だった。

譯 一場好大的雨。

- - - - - - - - - - - - - - - - - -

10│たくさん【沢山】

名・形動・副 很多，大量；足夠，不再需要

例 たくさんある。

譯 有很多。

- - - - - - - - - - - - - - - - - -

11│たぶん【多分】

副 大概，或許；恐怕

例 たぶん大丈夫だろう。

譯 應該沒問題吧。

12 | だんだん【段々】

副 漸漸地

例 だんだん暖かくなる。

譯 漸漸地變暖和。

13 | ちょうど【丁度】

副 剛好，正好；正，整

例 今日でちょうど一月になる。

譯 到今天剛好滿一個月。

14 | ちょっと【一寸】

副・感 一下子；（下接否定）不太…，不太容易…；一點點

例 ちょっと待って。

譯 等一下。

15 | どう

副 怎麼，如何

例 温かいお茶はどう。

譯 喝杯溫茶如何？

16 | どうして

副 為什麼，何故

例 どうして休んだの。

譯 為什麼沒來呢？

17 | どうぞ

副 （表勸誘，請求，委託）請；（表承認，同意）可以，請

例 どうぞこちらへ。

譯 請往這邊走。

18 | どうも

副 怎麼也；總覺得；實在是，真是；謝謝

例 どうもすみません。

譯 實在對不起。

19 | ときどき【時々】

副 有時，偶爾

例 曇りで時々雨が降る。

譯 多雲偶陣雨。

20 | とても

副 很，非常；（下接否定）無論如何也…

例 とても面白い。

譯 非常有趣。

21 | なぜ【何故】

副 為何，為什麼

例 なぜ来ないのか。

譯 為什麼沒來？

22 | はじめて【初めて】

副 最初，初次，第一次

例 初めて飛行機に乗る。

譯 初次搭乘飛機。

23 | ほんとうに【本当に】

副 真正，真實

例 本当にありがとう。

譯 真的很謝謝您。

24｜また【又】

副 還，又，再；也，亦；同時

例 また会おう。

譯 再見。

25｜まだ【未だ】

副 還，尚；仍然；才，不過

例 まだ来ない。

譯 還沒來。

26｜まっすぐ【真っ直ぐ】

副・形動 筆直，不彎曲；一直，直接

例 まっすぐな道を走る。

譯 走筆直的道路。

27｜もう

副 另外，再

例 もう少し食べる。

譯 再吃一點。

28｜もう

副 已經；馬上就要

例 もう着きました。

譯 已經到了。

29｜もっと

副 更，再，進一步

例 もっとください。

譯 請再給我多一些。

30｜ゆっくり

副 慢，不著急

例 ゆっくり食べる。

譯 慢慢吃。

31｜よく

副 經常，常常

例 よく考える。

譯 充分考慮。

32｜いかが【如何】

副・形動 如何，怎麼樣

例 おーついかがですか。

譯 來一個如何？

33｜くらい・ぐらい【位】

副助 (數量或程度上的推測)大概，左右，上下

例 一時間ぐらい遅くなる。

譯 遲到約一個小時左右。

34｜ずつ

副助 (表示均攤)每…，各…；表示反覆多次

例 一日に三回ずつ。

譯 每天各三次。

35｜だけ

副助 只有…

例 生徒が一人だけだ。

譯 只有一學生。

36｜ながら

接助 邊…邊…，一面…一面…

例 歩きながら考える。

譯 邊走邊想。

6-6 接頭詞、接尾詞、その他 /
接頭詞、接尾詞、其他

01 | お・おん【御】

接頭 您(的)…，貴…；放在字首，表示尊敬語及美化語

例 お友達の家へ行く。

譯 去朋友家。

02 | じ【時】

名 …時

例 六時に閉まる。

譯 六點關門。

03 | はん【半】

名・接尾 …半；一半

例 三時半から始まる。

譯 從三點半開始。

04 | ふん・ぷん【分】

接尾 (時間)…分；(角度)分

例 1時 15分に着く。

譯 1點 15分抵達。

05 | にち【日】

名 號，日，天(計算日數)

例 今月の 19日が誕生日です。

譯 這個月的十九號是我的生日。

06 | じゅう【中】

名・接尾 整個，全；(表示整個期間或區域)期間

例 世界中の人が知っている。

譯 全世界的人都知道。

07 | ちゅう【中】

名・接尾 中央，中間；…期間，正在…當中；在…之中

例 午前中に届く。

譯 上午送達。

08 | がつ【月】

接尾 …月

例 九月に生まれる。

譯 九月出生。

09 | かげつ【ヶ月】

接尾 …個月

例 あと三ヶ月でお母さんになる。

譯 再過三個月我就要為人母了。

10 | ねん【年】

名 年(也用於計算年數)

例 来年日本へ行く。

譯 明年要去日本。

11 | ころ・ごろ【頃】

名・接尾 (表示時間)左右，時候，時期；正好的時候

例 昼頃駅で会う。

譯 中午時在車站碰面。

12 | すぎ【過ぎ】

接尾 超過…，了…，過度

例 一時過ぎに会う。

譯 我們一點多碰面。

13 | そば【側・傍】

名 旁邊，側邊；附近

例 そばに置く。

譯 放在身邊。

14 | たち【達】

接尾 （表示人的複數）…們，…等

例 私たちも行く。

譯 我們也前往。

15 | や【屋】

名·接尾 房屋；…店，商店或工作人員

例 八百屋でトマトを買う。

譯 在蔬果店買番茄。

16 | ご【語】

名·接尾 語言；…語

例 日本語の手紙を書く。

譯 用日語寫信。

17 | がる

接尾 想，覺得；故做

例 妹が私の服を欲しがる。

譯 妹妹想要我的衣服。

18 | じん【人】

接尾 …人

例 外国人の先生がいる。

譯 有外國老師。

19 | など【等】

副助 （表示概括，列舉）…等

例 赤や黄色などがある。

譯 有紅色跟黃色等等。

20 | ど【度】

名·接尾 …次；…度（溫度，角度等單位）

例 38度ある。

譯 有38度。

21 | まえ【前】

名 （空間的）前，前面

例 ドアの前に立つ。

譯 站在門前。

22 | えん【円】

名·接尾 日圓（日本的貨幣單位）；圓(形)

例 2時間で一万円だ。

譯 兩小時一萬元日圓。

23 | みんな【皆】

代 大家，全部，全體

例 みんな足が長い。

譯 大家腳都很長。

24 | ほう【方】

名 方向；方面；（用於並列或比較屬於哪一)部類，類型

例 大きい方がいい。

譯 大的比較好。

25 | ほか【外】

名·副助 其他，另外；旁邊，外部；（下接否定)只好，只有

例 ほかの物を買う。

譯 買別的東西。

必　　勝

N4

情境分類單字

パート 1 第一章

地理、場所

- 地理、場所 -

1-1 場所、空間、範囲 /
場所、空間、範囲

01 | うら【裏】

⓪ 裡面，背後；內部；內幕，幕後；內情

例 裏を見る。

譯 看背面。

02 | おもて【表】

⓪ 表面；正面；外觀；外面

例 表を飾る。

譯 裝飾外表。

03 | いがい【以外】

⓪ 除外，以外

例 日本以外行きたくない。

譯 除了日本以外我哪裡都不去。

04 | うち【内】

⓪ …之內；…之中

例 内からかぎをかける。

譯 從裡面上鎖。

05 | まんなか【真ん中】

⓪ 正中間

例 テーブルの真ん中に置く。

譯 擺在餐桌的正中央。

06 | まわり【周り】

⓪ 周圍，周邊

例 学校の周りを走る。

譯 在學校附近跑步。

07 | あいだ【間】

⓪ 期間；間隔，距離；中間；關係；空隙

例 家と家の間に細い道がある。

譯 房子之間有小路。

08 | すみ【隅】

⓪ 角落

例 隅から隅まで探す。

譯 找遍了各個角落。

09 | てまえ【手前】

⓪·代 眼前；靠近自己這一邊；（當著…的）面前；我（自謙）；你（同輩或以下）

例 手前にある箸を取る。

譯 拿起自己面前的筷子。

10 | てもと【手元】

⓪ 身邊，手頭；膝下；生活，生計

例 手元にない。

譯 手邊沒有。

11 | こっち【此方】

名 這裡，這邊
例 こっちの方がいい。
譯 這邊比較好。

---

12 | どっち【何方】
代 哪一個
例 どっちへ行こうかな。
譯 去哪一邊好呢？

---

13 | とおく【遠く】
名 遠處；很遠
例 遠くから人が来る。
譯 有人從遠處來。

---

14 | ほう【方】
名 …方，邊；方面；方向
例 庭が広いほうを買う。
譯 買院子比較大的。

---

15 | あく【空く】
自五 空著；(職位)空缺；空隙；閒著；
有空
例 席が空く。
譯 空出位子。

N4 ● 1-2

1-2 地域 /
地域

01 | ちり【地理】
名 地理
例 地理を研究する。
譯 研究地理。

---

02 | しゃかい【社会】
名 社會，世間
例 社会に出る。
譯 出社會。

---

03 | せいよう【西洋】
名 西洋
例 西洋文明を学ぶ。
譯 學習西方文明。

---

04 | せかい【世界】
名 世界；天地
例 世界に知られている。
譯 聞名世界。

---

05 | こくない【国内】
名 該國內部，國內
例 国内旅行をする。
譯 國內旅遊。

---

06 | むら【村】
名 村莊，村落；鄉
例 小さな村に住む。
譯 住小村莊。

---

07 | いなか【田舎】
名 鄉下，農村；故鄉，老家
例 田舎に帰る。
譯 回家鄉。

08 | こうがい【郊外】

㊑ 郊外

例 <ruby>郊外<rt>こうがい</rt></ruby>に<ruby>住<rt>す</rt></ruby>む。

譯 住在城外。

09 | しま【島】

㊑ 島嶼

例 <ruby>島<rt>しま</rt></ruby>へ<ruby>渡<rt>わた</rt></ruby>る。

譯 遠渡島上。

10 | かいがん【海岸】

㊑ 海岸

例 <ruby>海岸<rt>かいがん</rt></ruby>で<ruby>釣<rt>つ</rt></ruby>りをする。

譯 海邊釣魚。

11 | みずうみ【湖】

㊑ 湖，湖泊

例 <ruby>大<rt>おお</rt></ruby>きい<ruby>湖<rt>みずうみ</rt></ruby>がたくさんある。

譯 有許多廣大的湖。

12 | あさい【浅い】

㊒ 淺的；(事物程度)微少；淡的；薄的

例 <ruby>浅<rt>あさ</rt></ruby>い<ruby>川<rt>かわ</rt></ruby>で<ruby>泳<rt>およ</rt></ruby>ぐ。

譯 在淺水河流游泳。

13 | アジア【Asia】

㊑ 亞洲

例 アジアに<ruby>住<rt>す</rt></ruby>む。

譯 住在亞洲。

14 | アフリカ【Africa】

㊑ 非洲

例 アフリカに<ruby>遊<rt>あそ</rt></ruby>びに<ruby>行<rt>い</rt></ruby>く。

譯 去非洲玩。

15 | アメリカ【America】

㊑ 美國

例 アメリカへ<ruby>行<rt>い</rt></ruby>く。

譯 去美國。

16 | けん【県】

㊑ 縣

例 <ruby>神奈川県<rt>かながわけん</rt></ruby>へ<ruby>行<rt>い</rt></ruby>く。

譯 去神奈川縣。

17 | し【市】

㊑ …市

例 <ruby>台北市<rt>タイペイし</rt></ruby>を<ruby>訪<rt>たず</rt></ruby>ねる。

譯 拜訪台北市。

18 | ちょう【町】

㊑・漢造 鎮

例 <ruby>石川町<rt>いしかわちょう</rt></ruby>に<ruby>住<rt>す</rt></ruby>んでいた。

譯 住過石川町。

19 | さか【坂】

㊑ 斜坡

例 <ruby>坂<rt>さか</rt></ruby>を<ruby>下<rt>お</rt></ruby>りる。

譯 下坡。

パート 2 第二章

時間
- 時間 -

2-1 過去、現在、未来 /
過去、現在、未來

01 | さっき
(名・副) 剛剛，剛才
例 さっきから待っている。
譯 從剛才就在等著你。

02 | ゆうべ【夕べ】
(名) 昨晚；傍晚
例 夕べはありがとうございました。
譯 昨晚謝謝您。

03 | このあいだ【この間】
(副) 最近；前幾天
例 この間借りたお金を返す。
譯 歸還上次借的錢。

04 | さいきん【最近】
(名・副) 最近
例 彼は最近結婚した。
譯 他最近結婚了。

05 | さいご【最後】
(名) 最後
例 最後に帰る。
譯 最後離開。

06 | さいしょ【最初】
(名) 最初，首先
例 最初に校長の挨拶がある。
譯 首先校長將致詞。

07 | むかし【昔】
(名) 以前
例 昔の友達と会う。
譯 跟以前的朋友碰面。

08 | ただいま【唯今・只今】
(副) 現在；馬上，剛才；我回來了
例 ただいまお調べします。
譯 現在立刻為您查詢。

09 | こんや【今夜】
(名) 今晚
例 今夜はホテルに泊まる。
譯 今晚住飯店。

10 | あす【明日】
(名) 明天
例 明日の朝出発する。
譯 明天早上出發。

11 | こんど【今度】

(名) 這次；下次；以後
(例) 今度お宅に遊びに行ってもいいですか。
(譯) 下次可以到府上玩嗎？

12 | さらいしゅう【再来週】

(名) 下下星期
(例) 再来週まで待つ。
(譯) 等到下下週為止。

13 | さらいげつ【再来月】

(名) 下下個月
(例) 再来月また会う。
(譯) 下下個月再見。

14 | しょうらい【将来】

(名) 將來
(例) 将来は外国で働くつもりです。
(譯) 我將來打算到國外工作。

2-2 時間、時、時刻 ／
時間、時候、時刻

01 | とき【時】

(名) …時，時候
(例) あの時はごめんなさい。
(譯) 當時真的很抱歉。

02 | ひ【日】

(名) 天，日子
(例) 日が経つのが早い。
(譯) 時間過得真快。

03 | とし【年】

(名) 年齡；一年
(例) 私も年をとりました。
(譯) 我也老了。

04 | はじめる【始める】

(他下一) 開始；開創；發(老毛病)
(例) 昨日から日本語の勉強を始めました。
(譯) 從昨天開始學日文。

05 | おわり【終わり】

(名) 結束，最後
(例) 番組は今月で終わる。
(譯) 節目將在這個月結束。

06 | いそぐ【急ぐ】

(自五) 快，急忙，趕緊
(例) 急いで逃げる。
(譯) 趕緊逃跑。

07 | すぐに【直ぐに】

(副) 馬上
(例) すぐに帰る。
(譯) 馬上回來。

08 | まにあう【間に合う】

(自五) 來得及，趕得上；夠用
(例) 飛行機に間に合う。
(譯) 趕上飛機。

09 | あさねぼう【朝寝坊】

(名・自サ) 賴床；愛賴床的人

例 朝寝坊して遅刻してしまった。
<small>あさ ね ぼう ち こく</small>

譯 早上睡過頭，遲到了。

10｜おこす【起こす】

他五 扶起；叫醒；發生；引起；翻起

例 明日 7 時に起こしてください。
<small>あした じ お</small>

譯 請明天七點叫我起來。

11｜ひるま【昼間】

名 白天

例 昼間働いている。
<small>ひる ま はたら</small>

譯 白天都在工作。

12｜くれる【暮れる】

自下一 日暮，天黑；到了尾聲，年終

例 秋が暮れる。
<small>あき く</small>

譯 秋暮。

13｜このごろ【此の頃】

副 最近

例 このごろ元気がないね。
<small>げん き</small>

譯 最近看起來怎麼沒什麼精神呢。

14｜じだい【時代】

名 時代；潮流；歷史

例 時代が違う。
<small>じ だい ちが</small>

譯 時代不同。

日常の挨拶、人物
- 日常招呼、人物 -

3-1 挨拶言葉 /
寒暄用語

01 | いってまいります【行って参ります】
寒暄 我走了
例 では、行って参ります。
譯 那我走了。

02 | いってらっしゃい
寒暄 路上小心，慢走，好走
例 気をつけていってらっしゃい。
譯 小心慢走。

03 | おかえりなさい【お帰りなさい】
寒暄 （你）回來了
例 お帰りなさいと大きな声で言った。
譯 大聲説回來啦！

04 | よくいらっしゃいました
寒暄 歡迎光臨
例 暑いのに、よくいらっしゃいましたね。
譯 這麼熱，感謝您能蒞臨。

05 | おかげ【お陰】
寒暄 託福；承蒙關照
例 あなたのおかげです。

譯 託你的福。

06 | おかげさまで【お陰様で】
寒暄 託福，多虧
例 おかげさまで元気です。
譯 托你的福，我很好。

07 | おだいじに【お大事に】
寒暄 珍重，請多保重
例 風邪が早く治るといいですね。お大事に。
譯 希望你感冒能快好起來。多保重啊！

08 | かしこまりました【畏まりました】
寒暄 知道，了解（「わかる」謙讓語）
例 はい、かしこまりました。
譯 好，知道了。

09 | おまたせしました【お待たせしました】
寒暄 讓您久等了
例 お待たせしました。お入りください。
譯 讓您久等了。請進。

10 | おめでとうございます【お目出度うございます】
寒暄 恭喜

例 ご結婚おめでとうございます。
譯 結婚恭喜恭喜！

11 | それはいけませんね

寒暄 那可不行

例 それはいけませんね。お大事にしてね。
譯 （生病啦）那可不得了了。多保重啊！

12 | ようこそ

寒暄 歡迎

例 ようこそ、おいで下さいました。
譯 衷心歡迎您的到來。

3-2 いろいろな人を表す言葉／
各種人物的稱呼

01 | おこさん【お子さん】

名 您孩子，令郎，令嬡

例 お子さんはおいくつですか。
譯 您的孩子幾歲了呢？

02 | むすこさん【息子さん】

名 （尊稱他人的）令郎

例 ご立派な息子さんですね。
譯 您兒子真是出色啊！

03 | むすめさん【娘さん】

名 您女兒，令嬡

例 娘さんはあなたに似ている。
譯 令千金長得像您。

04 | おじょうさん【お嬢さん】

名 您女兒，令嬡；小姐；千金小姐

例 お嬢さんはとても美しい。
譯 令千金長得真美。

05 | こうこうせい【高校生】

名 高中生

例 高校生を対象にする。
譯 以高中生為對象。

06 | だいがくせい【大学生】

名 大學生

例 大学生になる。
譯 成為大學生。

07 | せんぱい【先輩】

名 學姐，學長；老前輩

例 先輩におごってもらった。
譯 讓學長破費了。

08 | きゃく【客】

名 客人；顧客

例 客を迎える。
譯 迎接客人。

09 | てんいん【店員】

名 店員

例 店員を呼ぶ。
譯 叫喚店員。

10 | しゃちょう【社長】

名 社長
例 社長になる。
譯 當上社長。

11 | おかねもち【お金持ち】

名 有錢人
例 お金持ちになる。
譯 變成有錢人。

12 | しみん【市民】

名 市民，公民
例 市民の生活を守る。
譯 捍衛市民的生活。

13 | きみ【君】

名 你（男性對同輩以下的親密稱呼）
例 君にあげる。
譯 給你。

14 | いん【員】

名 人員；人數；成員；…員
例 公務員になりたい。
譯 想當公務員。

15 | かた【方】

名 （敬）人
例 あちらの方はどなたですか。
譯 那是那位呢？

3-3 男女 /
男女

01 | だんせい【男性】

名 男性
例 男性の服は本館の4階だ。
譯 紳士服專櫃位於本館四樓。

02 | じょせい【女性】

名 女性
例 美しい女性を連れている。
譯 帶著漂亮的女生。

03 | かのじょ【彼女】

名 她；女朋友
例 彼女ができる。
譯 交到女友。

04 | かれ【彼】

名・代 他；男朋友
例 それは彼の物だ。
譯 那是他的東西。

05 | かれし【彼氏】

名・代 男朋友；他
例 彼氏がいる。
譯 我有男朋友。

06 | かれら【彼等】

名・代 他們
例 彼らは兄弟だ。
譯 他們是兄弟。

07 | じんこう【人口】

名 人口

例 人口が多い。

譯 人口很多。

08 | みな【皆】

名 大家；所有的

例 皆が集まる。

譯 大家齊聚一堂。

09 | あつまる【集まる】

自五 聚集，集合

例 女性が集まってくる。

譯 女性聚集過來。

10 | あつめる【集める】

他下一 集合；收集；集中

例 男性の視線を集める。

譯 聚集男性的視線。

11 | つれる【連れる】

他下一 帶領，帶著

例 友達を連れて来る。

譯 帶朋友來。

12 | かける【欠ける】

自下一 缺損；缺少

例 女が一名欠ける。

譯 缺一位女性。

3-4 老人、子供、家族 /
老人、小孩、家人

01 | そふ【祖父】

名 祖父，外祖父

例 祖父に会う。

譯 和祖父見面。

02 | そぼ【祖母】

名 祖母，外祖母，奶奶，外婆

例 祖母が亡くなる。

譯 祖母過世。

03 | おや【親】

名 父母；祖先；主根；始祖

例 親の仕送りを受ける。

譯 讓父母寄送生活費。

04 | おっと【夫】

名 丈夫

例 夫の帰りを待つ。

譯 等待丈夫回家。

05 | しゅじん【主人】

名 老公，(我)丈夫，先生；主人

例 主人を支える。

譯 支持丈夫。

06 | つま【妻】

名 (對外稱自己的)妻子，太太

例 妻と喧嘩する。

譯 跟妻子吵架。

07 ｜ かない【家内】

名 妻子

例 家内に相談する。

譯 和妻子討論。

08 ｜ こ【子】

名 孩子

例 子を生む。

譯 生小孩。

09 ｜ あかちゃん【赤ちゃん】

名 嬰兒

例 赤ちゃんはよく泣く。

譯 小寶寶很愛哭。

10 ｜ あかんぼう【赤ん坊】

名 嬰兒；不暗世故的人

例 赤ん坊みたいだ。

譯 像嬰兒似的。

11 ｜ そだてる【育てる】

他下一 撫育，培植；培養

例 子供を育てる。

譯 培育子女。

12 ｜ こそだて【子育て】

名・自サ 養育小孩，育兒

例 子育てが終わる。

譯 完成了養育小孩的任務。

13 ｜ にる【似る】

自上一 相像，類似

例 性格が似ている。

譯 個性相似。

14 ｜ ぼく【僕】

名 我（男性用）

例 僕には僕の夢がある。

譯 我有我的理想。

3-5 態度、性格 /
態度、性格

01 ｜ しんせつ【親切】

名・形動 親切，客氣

例 親切になる。

譯 變得親切。

02 ｜ ていねい【丁寧】

名・形動 客氣；仔細；尊敬

例 丁寧に読む。

譯 仔細閱讀。

03 ｜ ねっしん【熱心】

名・形動 專注，熱衷；熱心；熱衷；熱情

例 仕事に熱心だ。

譯 熱衷於工作。

04 ｜ まじめ【真面目】

名・形動 認真；誠實

例 真面目な人が多い。

譯 有很多認真的人。

05 ｜ いっしょうけんめい【一生懸命】

副・形動 拼命地，努力地；一心

例 一生懸命に働く。

譯 拼命地工作。

3-6 人間関係 /
人際關係

06 | やさしい【優しい】
形 溫柔的，體貼的；柔和的；親切的
例 人にやさしくする。
譯 殷切待人。

07 | てきとう【適当】
名・自サ・形動 適當；適度；隨便
例 適当な機会に行く。
譯 在適當的機會舉辦。

08 | おかしい【可笑しい】
形 奇怪的，可笑的；可疑的，不正常的
例 頭がおかしい。
譯 腦子不正常。

09 | こまかい【細かい】
形 細小；仔細；無微不至
例 考えが細かい。
譯 想得仔細。

10 | さわぐ【騒ぐ】
自五 吵鬧，喧囂 ；慌亂，慌張；激動
例 胸が騒ぐ。
譯 心慌意亂。

11 | ひどい【酷い】
形 殘酷；過分；非常；嚴重，猛烈
例 彼は酷い人だ。
譯 他是個殘酷的人。

01 | かんけい【関係】
名 關係；影響
例 関係がある。
譯 有關係；有影響；發生關係。

02 | しょうかい【紹介】
名・他サ 介紹
例 両親に紹介する。
譯 介紹給父母。

03 | せわ【世話】
名・他サ 幫忙；照顧，照料
例 世話になる。
譯 受到照顧。

04 | わかれる【別れる】
自下一 分別，分開
例 恋人と別れた。
譯 和情人分手了。

05 | あいさつ【挨拶】
名・自サ 寒暄，打招呼，拜訪；致詞
例 帽子をとって挨拶する。
譯 脫帽致意。

06 | けんか【喧嘩】
名・自サ 吵架；打架
例 喧嘩が始まる。
譯 開始吵架。

07 | えんりょ【遠慮】

(名・自他サ) 客氣；謝絕

例 遠慮がない。

譯 不客氣，不拘束。

08 | しつれい【失礼】

(名・形動・自サ) 失禮，沒禮貌；失陪

例 失礼なことを言う。

譯 說失禮的話。

09 | ほめる【褒める】

(他下一) 誇獎

例 先生に褒められた。

譯 被老師稱讚。

10 | じゆう【自由】

(名・形動) 自由，隨便

例 自由がない。

譯 沒有自由。

11 | しゅうかん【習慣】

(名) 習慣

例 習慣が変わる。

譯 習慣改變；習俗特別。

12 | ちから【力】

(名) 力氣；能力

例 力になる。

譯 幫助；有依靠。

パート 4 第四章 体、病気、スポーツ

- 人體、疾病、運動 -

4-1 身体 /
人體

01 | かっこう【格好・恰好】

名 外表，裝扮

例 綺麗な格好で出かける。

譯 打扮得美美的出門了。

02 | かみ【髪】

名 頭髮

例 髪型が変わる。

譯 髮型變了。

03 | け【毛】

名 頭髮，汗毛

例 髪の毛は細くてやわらかい。

譯 頭髮又細又軟。

04 | ひげ

名 鬍鬚

例 私の父はひげが濃い。

譯 我爸爸的鬍鬚很濃密

05 | くび【首】

名 頸部，脖子；頭部，腦袋

例 首にマフラーを巻く。

譯 在脖子裏上圍巾。

06 | のど【喉】

名 喉嚨

例 のどが渇く。

譯 口渴。

07 | せなか【背中】

名 背部

例 背中を丸くする。

譯 弓起背來。

08 | うで【腕】

名 胳臂；本領；托架，扶手

例 腕を組む。

譯 挽著胳臂。

09 | ゆび【指】

名 手指

例 ゆびで指す。

譯 用手指。

10 | つめ【爪】

名 指甲

例 爪を切る。

譯 剪指甲。

11 | ち【血】

图 血；血緣
例 血が出ている。
譯 流血了。

12 | おなら

图 屁

例 おならをする。
譯 放屁。

4-2 生死、体質 /
生死、體質

01 | いきる【生きる】

自上一 活，生存；生活；致力於…；生動
例 生きて帰る。
譯 生還。

02 | なくなる【亡くなる】

他五 去世，死亡
例 先生が亡くなる。
譯 老師過世。

03 | うごく【動く】

自五 變動，移動；擺動；改變；行動，
運動；感動，動搖
例 動くのが好きだ。
譯 我喜歡動。

04 | さわる【触る】

自五 碰觸，觸摸；接觸；觸怒，觸犯
例 触ると痒くなる。
譯 一觸摸就發癢。

05 | ねむい【眠い】

形 睏

例 いつも眠い。
譯 我總是想睡覺。

06 | ねむる【眠る】

自五 睡覺
例 暑いと眠れない。
譯 一熱就睡不著。

07 | かわく【乾く】

自五 乾；口渴
例 肌が乾く。
譯 皮膚乾燥。

08 | ふとる【太る】

自五 胖，肥胖；增加
例 運動してないので太った。
譯 因為沒有運動而肥胖。

09 | やせる【痩せる】

自下一 瘦；貧瘠
例 病気で痩せる。
譯 因生病而消瘦。

10 | ダイエット【diet】

名・自サ （為治療或調節體重）規定飲食；
減重療法；減重，減肥
例 ダイエットを始めた。
譯 開始減肥。

11 | よわい【弱い】

形 虛弱；不擅長，不高明

例 <ruby>体<rt>からだ</rt></ruby>が<ruby>弱<rt>よわ</rt></ruby>い。

譯 身體虛弱。

4-3 病気、治療 /
疾病、治療

01 | おる【折る】

他五 摺疊；折斷

例 <ruby>骨<rt>ほね</rt></ruby>を<ruby>折<rt>お</rt></ruby>る。

譯 骨折。

02 | ねつ【熱】

名 高溫；熱；發燒

例 <ruby>熱<rt>ねつ</rt></ruby>がある。

譯 發燒。

03 | インフルエンザ【influenza】

名 流行性感冒

例 インフルエンザにかかる。

譯 得了流感。

04 | けが【怪我】

名・自サ 受傷；損失，過失

例 <ruby>怪我<rt>け が</rt></ruby>がない。

譯 沒有受傷。

05 | かふんしょう【花粉症】

名 花粉症，因花粉而引起的過敏鼻炎，結膜炎

例 <ruby>花粉症<rt>か ふんしょう</rt></ruby>になる。

譯 得花粉症。

06 | たおれる【倒れる】

自下一 倒下；垮台；死亡

例 <ruby>叔父<rt>お じ</rt></ruby>が<ruby>病気<rt>びょうき</rt></ruby>で<ruby>倒<rt>たお</rt></ruby>れた。

譯 叔叔病倒了。

07 | にゅういん【入院】

名・自サ 住院

例 <ruby>入院費<rt>にゅういん ひ</rt></ruby>を<ruby>払<rt>はら</rt></ruby>う。

譯 支付住院費。

08 | ちゅうしゃ【注射】

名・他サ 打針

例 <ruby>注射<rt>ちゅうしゃ</rt></ruby>を<ruby>受<rt>う</rt></ruby>ける。

譯 打預防針。

09 | ぬる【塗る】

他五 塗抹，塗上

例 <ruby>薬<rt>くすり</rt></ruby>を<ruby>塗<rt>ぬ</rt></ruby>る。

譯 上藥。

10 | おみまい【お見舞い】

名 探望，探病

例 <ruby>明日<rt>あした</rt></ruby>お<ruby>見舞<rt>み ま</rt></ruby>いに<ruby>行<rt>い</rt></ruby>く。

譯 明天去探病。

11 | ぐあい【具合】

名 （健康等）狀況；方便，合適；方法

例 <ruby>具合<rt>ぐ あい</rt></ruby>がよくなる。

譯 情況好轉。

12 | なおる【治る】

自五 治癒，痊愈

例 <ruby>病気<rt>びょう き</rt></ruby>が<ruby>治<rt>なお</rt></ruby>る。

譯 病痊癒了。

13 | たいいん【退院】

(名・自サ) 出院

例 退院_{たいいん}をさせてもらう。

譯 讓我出院。

14 | やめる【止める】

(他下一) 停止

例 たばこをやめる。

譯 戒煙。

15 | ヘルパー【helper】

(名) 幫傭；看護

例 ホームヘルパーを頼_{たの}む。

譯 請家庭看護。

16 | おいしゃさん【お医者さん】

(名) 醫生

例 彼_{かれ}はお医者_{いしゃ}さんです。

譯 他是醫生。

17 | てしまう

(補動) 強調某一狀態或動作完了；懊悔

例 怪我_{けが}で動_{うご}かなくなってしまった。

譯 因受傷而無法動彈。

4-4 体育、試合 /
體育、競賽

01 | うんどう【運動】

(名・自サ) 運動；活動

例 毎日運動_{まいにちうんどう}する。

譯 每天運動。

02 | テニス【tennis】

(名) 網球

例 テニスをやる。

譯 打網球。

03 | テニスコート【tennis court】

(名) 網球場

例 テニスコートでテニスをやる。

譯 在網球場打網球。

04 | じゅうどう【柔道】

(名) 柔道

例 柔道_{じゅうどう}を習_{なら}う。

譯 學柔道。

05 | すいえい【水泳】

(名・自サ) 游泳

例 水泳_{すいえい}が上手_{じょうず}だ。

譯 擅長游泳。

06 | かける【駆ける・駈ける】

(自下一) 奔跑，快跑

例 学校_{がっこう}まで駆_かける。

譯 快跑到學校。

07 | うつ【打つ】

(他五) 打擊，打；標記

例 ホームランを打_うつ。

譯 打全壘打。

08 | すべる【滑る】

(自下一) 滑(倒)；滑動；(手)滑；不及格，落榜；下跌

| 例 | 道が滑る。 |

みち すべ

| 譯 | 路滑。 |

---

09 | なげる【投げる】

(自下一) 丟，抛；摔；提供；投射；放棄

| 例 | ボールを投げる。 |

な

| 譯 | 丟球。 |

---

10 | しあい【試合】

(名・自サ) 比賽

| 例 | 試合が終わる。 |

しあい お

| 譯 | 比賽結束。 |

---

11 | きょうそう【競争】

(名・自他サ) 競爭，競賽

| 例 | 競争に負ける。 |

きょうそう ま

| 譯 | 競爭失敗。 |

---

12 | かつ【勝つ】

(自五) 贏，勝利；克服

| 例 | 試合に勝つ。 |

しあい か

| 譯 | 比賽獲勝。 |

---

13 | しっぱい【失敗】

(名・自サ) 失敗

| 例 | 失敗ばかりで気分が悪い。 |

しっぱい き ぶん わる

| 譯 | 一直出錯心情很糟。 |

---

14 | まける【負ける】

(自下一) 輸；屈服

| 例 | 試合に負ける。 |

しあい ま

| 譯 | 比賽輸了。 |

大自然

- 大自然 -

5-1 自然、気象 /
自然、氣象

01 | えだ【枝】

㊇ 樹枝；分枝

例 木の枝を折る。

譯 折下樹枝。

02 | くさ【草】

㊇ 草

例 草を取る。

譯 清除雜草。

03 | は【葉】

㊇ 葉子，樹葉

例 葉が美しい。

譯 葉子很美。

04 | ひらく【開く】

(自・他五) 綻放；打開；拉開；開拓；開設；開導

例 夏の頃花を開く。

譯 夏天開花。

05 | みどり【緑】

㊇ 緑色，翠緑；樹的嫩芽

例 山の緑がきれいだ。

譯 翠緑的山巒景色優美。

06 | ふかい【深い】

(形) 深的；濃的；晚的 ；(情感)深的；(關係)密切的

例 日本一深い湖を訪れる。

譯 探訪日本最深的湖泊。

07 | うえる【植える】

(他下一) 種植；培養

例 木を植える。

譯 種樹。

08 | おれる【折れる】

(自下一) 折彎；折斷；拐彎；屈服

例 風で枝が折れる。

譯 樹枝被風吹斷。

09 | くも【雲】

㊇ 雲

例 雲の間から月が出てきた。

譯 月亮從雲隙間出現了。

10 | つき【月】

㊇ 月亮

例 月がのぼった。

譯 月亮升起來了。

11 | ほし【星】

㊇ 星星

例 星がある。
譯 有星星。

12 | じしん【地震】

名 地震
例 地震が起きる。
譯 發生地震。

13 | たいふう【台風】

名 颱風
例 台風に遭う。
譯 遭遇颱風。

14 | きせつ【季節】

名 季節
例 季節を楽しむ。
譯 享受季節變化的樂趣。

15 | ひえる【冷える】

自下一 變冷；變冷淡
例 体が冷える。
譯 身體感到寒冷。

16 | やむ【止む】

自五 停止
例 風が止む。
譯 風停了。

17 | さがる【下がる】

自五 下降；下垂；降低(價格、程度、溫度等)；衰退
例 気温が下がる。
譯 氣溫下降。

18 | はやし【林】

名 樹林；林立；(轉)事物集中貌
例 林の中で虫を取る。
譯 在林間抓蟲子。

19 | もり【森】

名 樹林
例 森に入る。
譯 走進森林。

20 | ひかり【光】

名 光亮，光線；(喻)光明，希望；威力，光榮
例 月の光が美しい。
譯 月光美極了。

21 | ひかる【光る】

自五 發光，發亮；出眾
例 星が光る。
譯 星光閃耀。

22 | うつる【映る】

自五 反射，映照；相襯
例 水に映る。
譯 倒映水面。

23 | どんどん

副 連續不斷，接二連三；(炮鼓等連續不斷的聲音)咚咚；(進展)順利；(氣勢)旺盛
例 水がどんどん上がってくる。
譯 水嘩啦嘩啦不斷地往上流。

5-2 いろいろな物質 /
各種物質

01 | くうき【空気】
图 空氣；氣氛
例 空気が悪い。
譯 空氣不好。

02 | ひ【火】
图 火
例 火が消える。
譯 火熄滅。

03 | いし【石】
图 石頭，岩石；(猜拳)石頭，結石；鑽石；堅硬
例 石で作る。
譯 用石頭做的。

04 | すな【砂】
图 沙
例 砂が目に入る。
譯 沙子掉進眼睛裡。

05 | ガソリン【gasoline】
图 汽油
例 ガソリンを入れる。
譯 加入汽油。

06 | ガラス【(荷)glas】
图 玻璃
例 ガラスを割る。
譯 打破玻璃。

07 | きぬ【絹】
图 絲
例 絹のハンカチを送る。
譯 送絲綢手帕。

08 | ナイロン【nylon】
图 尼龍
例 ナイロンのストッキングはすぐ破れる。
譯 尼龍絲襪很快就抽絲了。

09 | もめん【木綿】
图 棉
例 木綿のシャツを探している。
譯 正在找棉質襯衫。

10 | ごみ
图 垃圾
例 あとでごみを捨てる。
譯 等一下丟垃圾。

11 | すてる【捨てる】
他下一 丟掉，拋棄；放棄
例 古いラジオを捨てる。
譯 扔了舊的收音機。

12 | かたい【固い・硬い・堅い】
形 堅硬；結實；堅定；可靠；嚴屬；固執
例 石のように硬い。
譯 如石頭般堅硬。

6-1 料理、味 /
烹調、味道

01 | つける【漬ける】

(他下一) 浸泡；醃

例 梅を漬ける。

譯 醃梅子。

02 | つつむ【包む】

(他五) 包住，包起來；隱藏，隱瞞

例 肉を餃子の皮で包む。

譯 用餃子皮包肉。

03 | やく【焼く】

(他五) 焚燒；烤；曬；嫉妒

例 魚を焼く。

譯 烤魚。

04 | やける【焼ける】

(自下一) 烤熟；（被）烤熟；曬黑；燥熱；
發紅；添麻煩；感到嫉妒

例 肉が焼ける。

譯 肉烤熟。

05 | わかす【沸かす】

(他五) 煮沸；使沸騰

例 お湯を沸かす。

譯 把水煮沸。

06 | わく【沸く】

(自五) 煮沸，煮開；興奮

例 お湯が沸く。

譯 熱水沸騰。

07 | あじ【味】

(名) 味道；趣味；滋味

例 味がいい。

譯 好吃，美味；富有情趣。

08 | あじみ【味見】

(名・自サ) 試吃，嚐味道

例 スープの味見をする。

譯 嚐嚐湯的味道。

09 | におい【匂い】

(名) 味道；風貌

例 匂いがする。

譯 發出味道。

10 | にがい【苦い】

(形) 苦；痛苦

例 苦くて食べられない。

譯 苦得難以下嚥。

11 | やわらかい【柔らかい】

形 柔軟的

例 柔らかい肉を選ぶ。

譯 選擇柔軟的肉。

12 | おおさじ【大匙】

名 大匙，湯匙

例 大匙二杯の塩を入れる。

譯 放入兩大匙的鹽。

13 | こさじ【小匙】

名 小匙，茶匙

例 小匙一杯の砂糖を入れる。

譯 放入一茶匙的砂糖。

14 | コーヒーカップ【coffee cup】

名 咖啡杯

例 可愛いコーヒーカップを買った。

譯 買了可愛的咖啡杯。

15 | ラップ【wrap】

名・他サ 保鮮膜；包裝，包裹

例 野菜をラップする。

譯 用保鮮膜將蔬菜包起來。

6-2 食事、食べ物 /
用餐、食物

01 | ゆうはん【夕飯】

名 晚飯

例 友達と夕飯を食べる。

譯 跟朋友吃晚飯。

02 | したく【支度】

名・自他サ 準備；打扮；準備用餐

例 支度ができる。

譯 準備好。

03 | じゅんび【準備】

名・他サ 準備

例 準備が足りない。

譯 準備不夠。

04 | ようい【用意】

名・他サ 準備；注意

例 夕食の用意をしていた。

譯 在準備晚餐。

05 | しょくじ【食事】

名・自サ 用餐，吃飯；餐點

例 食事が終わる。

譯 吃完飯。

06 | かむ【噛む】

他五 咬

例 ご飯をよく噛んで食べなさい。

譯 吃飯要細嚼慢嚥。

07 | のこる【残る】

自五 剩餘，剩下；遺留

例 食べ物が残る。

譯 食物剩下來。

08 | しょくりょうひん【食料品】

名 食品

例 母から食料品が送られてきた。

譯 媽媽寄來了食物。

09 | こめ【米】
名 米
例 米の輸出が増える。
譯 稻米的外銷量增加了。

10 | みそ【味噌】
名 味噌
例 みそ汁を作る。
譯 做味噌湯。

11 | ジャム【jam】
名 果醬
例 パンにジャムをつける。
譯 在麵包上塗果醬。

12 | ゆ【湯】
名 開水，熱水；浴池；溫泉；洗澡水
例 お湯を沸かす。
譯 燒開水。

13 | ぶどう【葡萄】
名 葡萄
例 葡萄酒を楽しむ。
譯 享受喝葡萄酒的樂趣。

N4 ● 6-3

6-3 外食 /
餐廳用餐

01 | がいしょく【外食】
名・自サ 外食，在外用餐
例 外食をする。

譯 吃外食。

02 | ごちそう【御馳走】
名・他サ 請客；豐盛佳餚
例 ご馳走になる。
譯 被請吃飯。

03 | きつえんせき【喫煙席】
名 吸煙席，吸煙區
例 喫煙席を頼む。
譯 要求吸菸區。

04 | きんえんせき【禁煙席】
名 禁煙席，禁煙區
例 禁煙席に座る。
譯 坐在禁煙區。

05 | あく【空く】
自五 空著；(職位)空缺；空隙；閒著；有空
例 席が空く。
譯 空出位子。

06 | えんかい【宴会】
名 宴會，酒宴
例 宴会を開く。
譯 擺桌請客。

07 | ごうコン【合コン】
名 聯誼
例 合コンで恋人ができた。
譯 在聯誼活動中交到了男(女)朋友。

08 | かんげいかい【歓迎会】

名 歓迎會，迎新會
例 歓迎会を開く。
譯 開歓迎會。

09 | そうべつかい【送別会】

名 送別會
例 送別会を開く。
譯 舉辦送別會。

10 | たべほうだい【食べ放題】

名 吃到飽，盡量吃，隨意吃
例 食べ放題に行こう。
譯 我們去吃吃到飽吧。

11 | のみほうだい【飲み放題】

名 喝到飽，無限暢飲
例 ビールが飲み放題だ。
譯 啤酒無限暢飲。

12 | おつまみ

名 下酒菜，小菜
例 おつまみを食べない。
譯 不吃下酒菜。

13 | サンドイッチ【sandwich】

名 三明治
例 ハムサンドイッチを頼む。
譯 點火腿三明治。

14 | ケーキ【cake】

名 蛋糕
例 食後にケーキを頂く。

譯 飯後吃蛋糕。

15 | サラダ【salad】

名 沙拉
例 サラダを先に食べる。
譯 先吃沙拉。

16 | ステーキ【steak】

名 牛排
例 ステーキを切る。
譯 切牛排。

17 | てんぷら【天ぷら】

名 天婦羅
例 天ぷらを揚げる
譯 油炸天婦羅。

18 | だいきらい【大嫌い】

形 極不喜歡，最討厭
例 外食は大嫌いだ。
譯 最討厭外食。

19 | かわりに【代わりに】

接續 代替，替代；交換
例 酒の代わりに水を飲む。
譯 不是喝酒，而是喝水。

20 | レジ【register 之略】

名 收銀台
例 レジの仕事をする。
譯 做結帳收銀的工作。

01 | きもの【着物】　　N4●7

名 衣服；和服
例 着物を脱ぐ。
譯 脱衣服。

02 | したぎ【下着】

名 內衣，貼身衣物
例 下着を取り替える。
譯 換貼身衣物。

03 | てぶくろ【手袋】

名 手套
例 手袋を取る。
譯 拿下手套。

04 | イヤリング【earring】

名 耳環
例 イヤリングをつける。
譯 戴耳環。

05 | さいふ【財布】

名 錢包
例 古い財布を捨てる。
譯 丟掉舊錢包。

06 | ぬれる【濡れる】

自下一 淋濕
例 雨に服が濡れる。

譯 衣服被雨淋濕。

07 | よごれる【汚れる】

自下一 髒污；齷齪
例 シャツが汚れた。
譯 襯衫髒了。

08 | サンダル【sandal】

名 涼鞋
例 サンダルを履く。
譯 穿涼鞋。

09 | はく【履く】

他五 穿（鞋、襪）
例 厚い靴下を履く。
譯 穿厚襪子。

10 | ゆびわ【指輪】

名 戒指
例 指輪をつける。
譯 戴戒指。

11 | いと【糸】

名 線；（三弦琴的）弦；魚線；線狀
例 針に糸を通す。
譯 把針穿上線。

12 | け【毛】

(名) 羊毛，毛線，毛織物

例 毛 100％の服を洗う。

譯 洗滌百分之百羊毛的衣物。

---

13 | アクセサリー【accessary】

(名) 飾品，裝飾品；零件

例 アクセサリーをつける。

譯 戴上飾品。

---

14 | スーツ【suit】

(名) 套裝

例 スーツを着る。

譯 穿套裝。

---

15 | ソフト【soft】

(名・形動) 柔軟；溫柔；軟體

例 ソフトな感じがする。

譯 柔和的感覺。

---

16 | ハンドバッグ【handbag】

(名) 手提包

例 ハンドバッグを買う。

譯 買手提包。

---

17 | つける【付ける】

(他下一) 裝上，附上；塗上

例 耳にイヤリングをつける。

譯 把耳環穿入耳朵。

パート 8 第八章

住居
- 住家 -

8-1 部屋、設備 /
房間、設備

01 | おくじょう【屋上】
名 屋頂(上)
例 屋上に上がる。
譯 爬上屋頂。

02 | かべ【壁】
名 牆壁;障礙
例 壁に時計をかける。
譯 將時鐘掛到牆上。

03 | すいどう【水道】
名 自來水管
例 水道を引く。
譯 安裝自來水。

04 | おうせつま【応接間】
名 客廳;會客室
例 応接間に案内する。
譯 領到客廳。

05 | たたみ【畳】
名 榻榻米
例 畳の上で寝る。
譯 睡在榻榻米上。

06 | おしいれ【押し入れ・押入れ】
名 (日式的)壁櫥
例 押入れにしまう。
譯 收入壁櫥。

07 | ひきだし【引き出し】
名 抽屜
例 引き出しを開ける。
譯 拉開抽屜。

08 | ふとん【布団】
名 被子,床墊
例 布団を掛ける。
譯 蓋被子。

09 | カーテン【curtain】
名 窗簾;布幕
例 カーテンを開ける。
譯 打開窗簾。

10 | かける【掛ける】
他下一 懸掛;坐;蓋上;放在…之上;提交;澆;開動;花費;寄託;鎖上;(數學)乘;使…負擔(如給人添麻煩)
例 家具にお金をかける。
譯 花大筆錢在家具上。

11 | かざる【飾る】

(他五) 擺飾，裝飾；粉飾，潤色

例 部屋を飾る。

譯 裝飾房間。

12 | むかう【向かう】

(自五) 面向

例 鏡に向かう。

譯 對著鏡子。

8-2 住む /
居住

01 | たてる【建てる】

(他下一) 建造

例 家を建てる。

譯 蓋房子。

02 | ビル【building 之略】

(名) 高樓，大廈

例 駅前の高いビルに住む。

譯 住在車站前的大樓。

03 | エスカレーター【escalator】

(名) 自動手扶梯

例 エスカレーターに乗る。

譯 搭乘手扶梯。

04 | おたく【お宅】

(名) 您府上，貴府；宅男（女），對於某事物過度熱忠者

例 お宅はどちらですか。

譯 請問您家在哪？

05 | じゅうしょ【住所】

(名) 地址

例 住所はカタカナで書く。

譯 以片假名填寫住址。

06 | きんじょ【近所】

(名) 附近；鄰居

例 近所に住んでいる。

譯 住在這附近。

07 | るす【留守】

(名) 不在家；看家

例 家を留守にする。

譯 看家。

08 | うつる【移る】

(自五) 移動；變心；傳染；時光流逝；轉移

例 新しい町へ移る。

譯 搬到新的市鎮去。

09 | ひっこす【引っ越す】

(自五) 搬家

例 京都へ引っ越す。

譯 搬去京都。

10 | げしゅく【下宿】

(名・自サ) 寄宿，借宿

例 下宿を探す。

譯 尋找公寓。

11 | せいかつ【生活】

(名・自サ) 生活

例 生活に困る。
訳 無法維持生活。

例 鏡を見る。
訳 照鏡子。

12 | なまごみ【生ごみ】

名 廚餘，有機垃圾
例 生ゴミを片付ける。
訳 收拾廚餘。

02 | たな【棚】

名 架子，棚架
例 棚に上げる。
訳 擺到架上；佯裝不知。

13 | もえるごみ【燃えるごみ】

名 可燃垃圾
例 明日は燃えるごみの日だ。
訳 明天是丟棄可燃垃圾的日子。

03 | スーツケース【suitcase】

名 手提旅行箱
例 スーツケースを買う。
訳 買行李箱。

14 | いっぱん【一般】

名・形動 一般，普通
例 電池を一般ゴミに混ぜないで。
訳 電池不要丟進一般垃圾裡。

04 | れいぼう【冷房】

名・他サ 冷氣
例 冷房を点ける。
訳 開冷氣。

15 | ふべん【不便】

形動 不方便
例 この辺は交通が不便だ。
訳 這附近交通不方便。

05 | だんぼう【暖房】

名 暖氣
例 暖房を点ける。
訳 開暖氣。

16 | にかいだて【二階建て】

名 二層建築
例 二階建ての家に住みたい。
訳 想住兩層樓的房子。

06 | でんとう【電灯】

名 電燈
例 電灯をつけた。
訳 把燈打開。

N4 ● 8-3

8-3 家具、電気機器 /
家具、電器

07 | ガスコンロ【(荷)gas+ 焜炉】

名 瓦斯爐，煤氣爐
例 ガスコンロで料理をする。
訳 用瓦斯爐做菜

01 | かがみ【鏡】

名 鏡子

08 | かんそうき【乾燥機】

名 乾燥機，烘乾機

例 服を乾燥機に入れる。

譯 把衣服放進烘乾機。

---

09 | コインランドリー【coin-operated laundry】

名 自助洗衣店

例 コインランドリーで洗濯する。

譯 在自助洗衣店洗衣服。

---

10 | ステレオ【stereo】

名 音響

例 ステレオで音楽を聴く。

譯 開音響聽音樂。

---

11 | けいたいでんわ【携帯電話】

名 手機，行動電話

例 携帯電話を使う。

譯 使用手機。

---

12 | ベル【bell】

名 鈴聲

例 ベルを押す。

譯 按鈴。

---

13 | なる【鳴る】

自五 響，叫

例 時計が鳴る。

譯 鬧鐘響了。

---

14 | タイプ【type】

名 款式；類型；打字

例 薄いタイプのパソコンがほしい。

譯 想要一台薄型電腦。

8-4 道具 / 道具

01 | どうぐ【道具】

名 工具；手段

例 道具を使う。

譯 使用道具。

---

02 | きかい【機械】

名 機械

例 機械を使う。

譯 操作機器。

---

03 | つける【点ける】

他下一 打開（家電類）；點燃

例 電気をつける。

譯 開燈。

---

04 | つく【点く】

自五 點上，（火）點著

例 電灯が点いた。

譯 電燈亮了。

---

05 | まわる【回る】

自五 轉動；走動；旋轉；繞道；轉移

例 時計が回る。

譯 時鐘轉動。

---

06 | はこぶ【運ぶ】

自・他五 運送，搬運；進行

例 大きなものを運ぶ。
譯 載運大宗物品。

07 | こしょう【故障】

名・自サ 故障
例 機械が故障した。
譯 機器故障。

08 | こわれる【壊れる】

自下一 壊掉，損壞；故障
例 電話が壊れている。
譯 電話壞了。

09 | われる【割れる】

自下一 破掉，破裂；分裂；暴露；整除
例 窓は割れやすい。
譯 窗戶容易碎裂。

10 | なくなる【無くなる】

自五 不見，遺失；用光了
例 ガスが無くなった。
譯 瓦斯沒有了。

11 | とりかえる【取り替える】

他下一 交換；更換
例 電球を取り替える。
譯 更換電燈泡。

12 | なおす【直す】

他五 修理；改正；整理；更改
例 自転車を直す。
譯 修理腳踏車。

13 | なおる【直る】

自五 改正；修理；回復；變更
例 壊れていた PC が直る。
譯 把壞了的電腦修好了。

施設、機関、交通
- 設施、機構、交通 -

9-1 いろいろな機関、施設／
各種機構、設施

01 | とこや【床屋】
名 理髪店；理髪室
例 床屋へ行く。
譯 去理髮廳。

02 | こうどう【講堂】
名 禮堂
例 講堂に集まる。
譯 齊聚在講堂裡。

03 | かいじょう【会場】
名 會場
例 会場に入る。
譯 進入會場。

04 | じむしょ【事務所】
名 辦公室
例 事務所を開く。
譯 設有辦事處。

05 | きょうかい【教会】
名 教會
例 教会で祈る。
譯 在教堂祈禱。

06 | じんじゃ【神社】
名 神社
例 神社に参る。
譯 參拜神社。

07 | てら【寺】
名 寺廟
例 寺に参る。
譯 拜佛。

08 | どうぶつえん【動物園】
名 動物園
例 動物園に行く。
譯 去動物園。

09 | びじゅつかん【美術館】
名 美術館
例 美術館に行く。
譯 去美術館。

10 | ちゅうしゃじょう【駐車場】
名 停車場
例 駐車場を探す。
譯 找停車場。

11 | くうこう【空港】
名 機場
例 空港に到着する。

譯 抵達機場。

12 | ひこうじょう【飛行場】

名 機場

例 飛行場へ迎えに行く。

譯 去接機。

13 | こくさい【国際】

名 國際

例 国際空港に着く。

譯 抵達國際機場。

14 | みなと【港】

名 港口，碼頭

例 港に寄る。

譯 停靠碼頭。

15 | こうじょう【工場】

名 工廠

例 新しい工場を建てる。

譯 建造新工廠。

16 | スーパー【supermarket 之略】

名 超級市場

例 スーパーで肉を買う。

譯 在超市買肉。

N4 9-2

9-2 いろいろな乗り物、交通／
各種交通工具、交通

01 | のりもの【乗り物】

名 交通工具

例 乗り物に乗る。

譯 乗車。

02 | オートバイ【auto bicycle】

名 摩托車

例 オートバイに乗れる。

譯 會騎機車。

03 | きしゃ【汽車】

名 火車

例 汽車が駅に着く。

譯 火車到達車站。

04 | ふつう【普通】

名・形動 普通，平凡；普通車

例 私は普通電車で通勤している。

譯 我搭普通車通勤。

05 | きゅうこう【急行】

名・自サ 急行；快車

例 急行電車に間に合う。

譯 趕上快速電車。

06 | とっきゅう【特急】

名 特急列車；火速

例 特急で東京へたつ。

譯 坐特快車到東京。

07 | ふね【船・舟】

名 船；舟，小型船

例 船が揺れる。

譯 船隻搖晃。

08 | ガソリンスタンド【(和製英語) gasoline+stand】

- ㊎ 加油站
- ㊫ ガソリンスタンドでバイトする。
- ㊛ 在加油站打工。

---

09 | こうつう【交通】

- ㊎ 交通
- ㊫ 交通が便利になった。
- ㊛ 交通變得很方便。

---

10 | とおり【通り】

- ㊎ 道路，街道
- ㊫ 広い通りに出る。
- ㊛ 走到大馬路。

---

11 | じこ【事故】

- ㊎ 意外，事故
- ㊫ 事故が起こる。
- ㊛ 發生事故。

---

12 | こうじちゅう【工事中】

- ㊎ 施工中；(網頁)建製中
- ㊫ 工事中となる。
- ㊛ 施工中。

---

13 | わすれもの【忘れ物】

- ㊎ 遺忘物品，遺失物
- ㊫ 忘れ物をする。
- ㊛ 遺失東西。

---

14 | かえり【帰り】

- ㊎ 回來；回家途中

- ㊫ 帰りを急ぐ。
- ㊛ 急著回去。

---

15 | ばんせん【番線】

- ㊎ 軌道線編號，月台編號
- ㊫ 5番線の列車が来た。
- ㊛ 五號月台的列車進站了。

9-3 交通関係 /
交通相關

01 | いっぽうつうこう【一方通行】

- ㊎ 單行道；單向傳達
- ㊫ 一方通行で通れない。
- ㊛ 單行道不能進入。

---

02 | うちがわ【内側】

- ㊎ 內部，內側，裡面
- ㊫ 内側へ開く。
- ㊛ 往裡開。

---

03 | そとがわ【外側】

- ㊎ 外部，外面，外側
- ㊫ 道の外側を走る。
- ㊛ 沿著道路外側跑。

---

04 | ちかみち【近道】

- ㊎ 捷徑，近路
- ㊫ 近道をする。
- ㊛ 抄近路。

---

05 | おうだんほどう【横断歩道】

- ㊎ 斑馬線

例 横断歩道を渡る。
譯 跨越斑馬線。

06 | せき【席】
名 座位；職位
例 席がない。
譯 沒有空位。

07 | うんてんせき【運転席】
名 駕駛座
例 運転席で運転する。
譯 在駕駛座開車。

08 | していせき【指定席】
名 劃位座，對號入座
例 指定席を予約する。
譯 預約對號座位。

09 | じゆうせき【自由席】
名 自由座
例 自由席に乗る。
譯 坐自由座。

10 | つうこうどめ【通行止め】
名 禁止通行，無路可走
例 通行止めになる。
譯 規定禁止通行。

11 | きゅうブレーキ【急 brake】
名 緊急煞車
例 急ブレーキで止まる。
譯 因緊急煞車而停下。

12 | しゅうでん【終電】
名 最後一班電車，末班車
例 終電に乗り遅れる。
譯 沒趕上末班車。

13 | しんごうむし【信号無視】
名 違反交通號誌，闖紅（黃）燈
例 信号無視をする。
譯 違反交通號誌。

14 | ちゅうしゃいはん【駐車違反】
名 違規停車
例 駐車違反で罰金を取られた。
譯 違規停車被罰款。

9-4 乗り物に関する言葉 /
交通相關的詞

01 | うんてん【運転】
名・自他サ 開車，駕駛；運轉；周轉
例 運転を習う。
譯 學開車。

02 | とおる【通る】
自五 經過；通過；穿透；合格；知名；了解；進來
例 バスが通る。
譯 巴士經過。

03 | のりかえる【乗り換える】
他下一・自下一 轉乘，換車；改變
例 別のバスに乗り換える。
譯 改搭別的公車。

04 | しゃないアナウンス【車内 announce】

名 車廂內廣播
例 車内アナウンスが聞こえる。
譯 聽到車廂內廣播。

05 | ふむ【踏む】

他五 踩住，踩到；踏上；實踐
例 ブレーキを踏む。
譯 踩煞車。

06 | とまる【止まる】

自五 停止；止住；堵塞
例 赤信号で止まる。
譯 停紅燈。

07 | ひろう【拾う】

他五 撿拾；挑出；接；叫車
例 タクシーを拾う。
譯 叫計程車。

08 | おりる【下りる・降りる】

自上一 下來；下車；退位
例 車を下りる。
譯 下車。

09 | ちゅうい【注意】

名・自サ 注意，小心
例 足元に注意しましょう。
譯 小心腳滑。

10 | かよう【通う】

自五 來往，往來(兩地間)；通連，相通

例 学校に通う。
譯 上學。

11 | もどる【戻る】

自五 回到；折回
例 家に戻る。
譯 回到家。

12 | よる【寄る】

自五 順道去…；接近；增多
例 近くに寄って見る。
譯 靠近看。

13 | ゆれる【揺れる】

自下一 搖動；動搖
例 車が揺れる。
譯 車子晃動。

趣味、芸術、年中行事

- 興趣、藝術、節日 -

10-1 レジャー、旅行 /
休閒、旅遊

01 | あそび【遊び】

名 遊玩，玩耍；不做事；間隙；閒遊；餘裕

例 家に遊びに来てください。

譯 來我家玩。

02 | おもちゃ【玩具】

名 玩具

例 玩具を買う。

譯 買玩具。

03 | ことり【小鳥】

名 小鳥

例 小鳥を飼う。

譯 養小鳥。

04 | めずらしい【珍しい】

形 少見，稀奇

例 珍しい絵がある。

譯 有珍貴的畫作。

05 | つる【釣る】

他五 釣魚；引誘

例 魚を釣る。

譯 釣魚。

06 | よやく【予約】

名・他サ 預約

例 予約を取る。

譯 預約。

07 | しゅっぱつ【出発】

名・自サ 出發；起步，開始

例 出発が遅れる。

譯 出發延遲。

08 | あんない【案内】

名・他サ 引導；陪同遊覽，帶路；傳達

例 案内を頼む。

譯 請人帶路。

09 | けんぶつ【見物】

名・他サ 觀光，參觀

例 見物に出かける。

譯 外出遊覽。

10 | たのしむ【楽しむ】

他五 享受，欣賞，快樂；以…為消遣；期待，盼望

例 音楽を楽しむ。

譯 欣賞音樂。

11 | けしき【景色】

㊂ 景色，風景
㊌ 景色がよい。
㊎ 景色宜人。

12 | みえる【見える】

㊂下一 看見；看得見；看起來
㊌ 星が見える。
㊎ 看得見星星。

13 | りょかん【旅館】

㊂ 旅館
㊌ 旅館の予約をとる。
㊎ 訂旅館。

14 | とまる【泊まる】

㊂五 住宿，過夜；（船）停泊
㊌ ホテルに泊まる。
㊎ 住飯店。

15 | おみやげ【お土産】

㊂ 當地名產；禮物
㊌ お土産を買う。
㊎ 買當地名產。

10-2 文芸 /
藝文活動

01 | しゅみ【趣味】

㊂ 嗜好；趣味
㊌ 趣味が多い。
㊎ 興趣廣泛。

02 | ばんぐみ【番組】

㊂ 節目
㊌ 番組が始まる。
㊎ 節目開始播放（開始的時間）。

03 | てんらんかい【展覧会】

㊂ 展覽會
㊌ 美術展覧会を開く。
㊎ 舉辦美術展覽。

04 | はなみ【花見】

㊂ 賞花（常指賞櫻）
㊌ 花見に出かける。
㊎ 外出賞花。

05 | にんぎょう【人形】

㊂ 娃娃，人偶
㊌ ひな祭りの人形を飾る。
㊎ 擺放女兒節的人偶。

06 | ピアノ【piano】

㊂ 鋼琴
㊌ ピアノを弾く。
㊎ 彈鋼琴。

07 | コンサート【concert】

㊂ 音樂會
㊌ コンサートを開く。
㊎ 開演唱會。

08 | ラップ【rap】

㊂ 饒舌樂，饒舌歌
㊌ ラップを聞く。

譯 聽饒舌音樂。

09 | おと【音】

名 (物體發出的)聲音；音訊

例 音がいい。

譯 音質好。

---

10 | きこえる【聞こえる】

自下一 聽得見，能聽到；聽起來像是…；聞名

例 音楽が聞こえてくる。

譯 聽得見音樂。

---

11 | おどり【踊り】

名 舞蹈

例 踊りがうまい。

譯 舞跳得好。

---

12 | おどる【踊る】

自五 跳舞，舞蹈

例 お酒を飲んで踊る。

譯 喝酒邊跳舞。

---

13 | うまい

形 高明，拿手；好吃；巧妙；有好處

例 ピアノがうまい。

譯 鋼琴彈奏的好。

N4 10-3

10-3 年中行事／
節日

01 | しょうがつ【正月】

名 正月，新年

例 正月を迎える。

譯 迎新年。

02 | おまつり【お祭り】

名 慶典，祭典，廟會

例 お祭り気分になる。

譯 充滿節日氣氛。

---

03 | おこなう【行う・行なう】

他五 舉行，舉辦；修行

例 お祭りを行う。

譯 舉辦慶典。

---

04 | おいわい【お祝い】

名 慶祝，祝福；祝賀禮品

例 お祝いに花をもらった。

譯 收到花作為賀禮。

---

05 | いのる【祈る】

他五 祈禱；祝福

例 安全を祈る。

譯 祈求安全。

---

06 | プレゼント【present】

名 禮物

例 プレゼントをもらう。

譯 收到禮物。

---

07 | おくりもの【贈り物】

名 贈品，禮物

例 贈り物を贈る。

譯 贈送禮物。

08 | うつくしい【美しい】

形 美好的；美麗的，好看的

例 月が美しい。

譯 美麗的月亮。

09 | あげる【上げる】

他下一 給；送；交出；獻出

例 子供にお菓子をあげる。

譯 給小孩零食。

10 | しょうたい【招待】

名・他サ 邀請

例 招待を受ける。

譯 接受邀請。

11 | おれい【お礼】

名 謝辭，謝禮

例 お礼を言う。

譯 道謝。

11-1 学校、科目 /
學校、科目

01 | きょういく【教育】

名・他サ 教育
例 教育を受ける。
譯 接受教育。

02 | しょうがっこう【小学校】

名 小學
例 小学校に上がる。
譯 上小學。

03 | ちゅうがっこう【中学校】

名 中學
例 中学校に入る。
譯 上中學。

04 | こうこう・こうとうがっこう【高校・高等学校】

名 高中
例 高校一年生になる。
譯 成為高中一年級生。

05 | がくぶ【学部】

名 …科系；…院系
例 理学部に入る。
譯 進入理學院。

06 | せんもん【専門】

名 專門，專業
例 歴史学を専門にする。
譯 專攻歷史學。

07 | げんごがく【言語学】

名 語言學
例 言語学の研究を続ける。
譯 持續研究語言學。

08 | けいざいがく【経済学】

名 經濟學
例 経済学の勉強を始める。
譯 開始研讀經濟學。

09 | いがく【医学】

名 醫學
例 医学部に入る。
譯 考上醫學系。

10 | けんきゅうしつ【研究室】

名 研究室
例 研究室で仕事をする。
譯 在研究室工作。

11 | かがく【科学】

名 科學

例 科学者になりたい。

譯 想當科學家。

12 | すうがく【数学】

名 數學

例 英語は一番だが、数学はだめだ。

譯 我英文是第一，但是數學不行。

13 | れきし【歴史】

名 歷史

例 ワインの歴史に詳しい。

譯 精通紅葡萄酒歷史。

14 | けんきゅう【研究】

名・他サ 研究

例 文学を研究する。

譯 研究文學。

11-2 学生生活(1) /
學生生活(1)

01 | にゅうがく【入学】

名・自サ 入學

例 大学に入学する。

譯 上大學。

02 | よしゅう【予習】

名・他サ 預習

例 明日の数学を予習する。

譯 預習明天的數學。

03 | ふくしゅう【復習】

名・他サ 複習

例 復習が足りない。

譯 複習做得不夠。

04 | けしゴム【消し＋(荷)gom】

名 橡皮擦

例 消しゴムで消す。

譯 用橡皮擦擦掉。

05 | こうぎ【講義】

名・他サ 講義，上課，大學課程

例 講義に出る。

譯 上課。

06 | じてん【辞典】

名 字典

例 辞典を引く。

譯 查字典。

07 | ひるやすみ【昼休み】

名 午休

例 昼休みを取る。

譯 午休。

08 | しけん【試験】

名・他サ 試驗；考試

例 試験がうまくいく。

譯 考試順利，考得好。

09 | レポート【report】

名・他サ 報告

例 レポートを書く。

譯 寫報告。

譯 以網球初學者為對象。

10 | ぜんき【前期】

名 初期，前期，上半期

例 前期の授業が終わった。

譯 上學期的課程結束了。

16 | にゅうもんこうざ【入門講座】

名 入門課程，初級課程

例 入門講座を終える。

譯 結束入門課程。

11 | こうき【後期】

名 後期，下半期，後半期

例 後期に入る。

譯 進入後期。

17 | かんたん【簡単】

形動 簡單；輕易；簡便

例 簡単になる。

譯 變得簡單。

12 | そつぎょう【卒業】

名・自サ 畢業

例 大学を卒業する。

譯 大學畢業。

18 | こたえ【答え】

名 回答；答覆；答案

例 答えが合う。

譯 答案正確。

13 | そつぎょうしき【卒業式】

名 畢業典禮

例 卒業式に出る。

譯 參加畢業典禮。

N4 ● 11-2(2)

11-2 学生生活 (2) /
學生生活 (2)

14 | えいかいわ【英会話】

名 英語會話

例 英会話を身につける。

譯 學會英語會話。

19 | まちがえる【間違える】

他下一 錯；弄錯

例 同じところを間違える。

譯 錯同樣的地方。

20 | うつす【写す】

他五 抄；照相；描寫，描繪

例 ノートを写す。

譯 抄筆記。

21 | せん【線】

名 線；線路；界限

例 線を引く。

譯 畫條線。

15 | しょしんしゃ【初心者】

名 初學者

例 テニスの初心者に向ける。

22 | てん【点】

㈎ 點；方面；(得)分

例 点を取る。

譯 得分。

23 | おちる【落ちる】

(自上一) 落下；掉落；降低，下降；落選

例 二階の教室から落ちる。

譯 從二樓的教室摔下來。

24 | りよう【利用】

(名・他サ) 利用

例 機会を利用する。

譯 利用機會。

25 | いじめる【苛める】

(他下一) 欺負，虐待；捉弄；折磨

例 新入生を苛める。

譯 欺負新生。

26 | ねむたい【眠たい】

㈖ 昏昏欲睡，睏倦

例 眠たくてお布団に入りたい。

譯 覺得睏好想鑽到被子裡。

パート 12 第十二章 職業、仕事

- 職業、工作 -

12-1 職業、事業 /
職業、事業

01 | うけつけ【受付】
名 詢問處；受理；接待員
例 受付で名前などを書く。
譯 在櫃臺填寫姓名等資料。

02 | うんてんしゅ【運転手】
名 司機
例 電車の運転手になる。
譯 成為電車的駕駛員。

03 | かんごし【看護師】
名 護理師，護士
例 看護師になる。
譯 成為護士。

04 | けいかん【警官】
名 警察；巡警
例 兄は警官になった。
譯 哥哥當上警察了。

05 | けいさつ【警察】
名 警察；警察局
例 警察を呼ぶ。
譯 叫警察。

06 | こうちょう【校長】
名 校長
例 校長先生が話されます。
譯 校長要致詞了。

07 | こうむいん【公務員】
名 公務員
例 公務員試験を受ける。
譯 報考公務員考試。

08 | はいしゃ【歯医者】
名 牙醫
例 歯医者に行く。
譯 看牙醫。

09 | アルバイト【(德) arbeit 之略】
名 打工，副業
例 書店でアルバイトをする。
譯 在書店打工。

10 | しんぶんしゃ【新聞社】
名 報社
例 新聞社に勤める。
譯 在報社上班。

11 | こうぎょう【工業】

(名) 工業
例 工業を盛んにする。
譯 振興工業。

12 | じきゅう【時給】

(名) 時薪
例 時給 900 円の仕事を選ぶ。
譯 選擇時薪 900 圓的工作。

13 | みつける【見付ける】

(他下一) 找到，發現；目睹
例 仕事を見つける。
譯 找工作。

14 | さがす【探す・捜す】

(他五) 尋找，找尋
例 アルバイトを探す。
譯 尋找課餘打工的工作。

12-2 仕事 /
職場工作

01 | けいかく【計画】

(名・他サ) 計劃
例 計画を立てる。
譯 制定計畫。

02 | よてい【予定】

(名・他サ) 預定
例 予定が変わる。
譯 改變預定計劃。

03 | とちゅう【途中】

(名) 半路上，中途；半途
例 途中で止める。
譯 中途停下來。

04 | かたづける【片付ける】

(他下一) 收拾，打掃；解決
例 ファイルを片付ける。
譯 整理檔案。

05 | たずねる【訪ねる】

(他下一) 拜訪，訪問
例 お客さんを訪ねる。
譯 拜訪顧客。

06 | よう【用】

(名) 事情；用途
例 用がすむ。
譯 工作結束。

07 | ようじ【用事】

(名) 事情；工作
例 用事がある。
譯 有事。

08 | りょうほう【両方】

(名) 兩方，兩種
例 両方の意見を聞く。
譯 聽取雙方意見。

09 | つごう【都合】

(名) 情況，方便度
例 都合が悪い。

譯 不方便。

譯 上班遲到。

10│てつだう【手伝う】

自他五 幫忙

例 イベントを手伝う。

譯 幫忙做活動。

11│かいぎ【会議】

名 會議

例 会議が始まる。

譯 會議開始。

12│ぎじゅつ【技術】

名 技術

例 技術が進む。

譯 技術更進一步。

13│うりば【売り場】

名 賣場，出售處；出售好時機

例 売り場へ行く。

譯 去賣場。

14│オフ【off】

名 （開關）關；休假；休賽；折扣

例 25 パーセントオフにする。

譯 打七五折。

N4 ● 12-3

12-3 職場での生活 /
職場生活

01│おくれる【遅れる】

自下一 遲到；緩慢

例 会社に遅れる。

02│がんばる【頑張る】

自五 努力，加油；堅持

例 最後まで頑張るぞ。

譯 要堅持到底啊。

03│きびしい【厳しい】

形 嚴格；嚴重；嚴酷

例 仕事が厳しい。

譯 工作艱苦。

04│なれる【慣れる】

自下一 習慣 ；熟悉

例 新しい仕事に慣れる。

譯 習慣新的工作。

05│できる【出来る】

自上一 完成；能夠；做出；發生；出色

例 計画ができた。

譯 計畫完成了。

06│しかる【叱る】

他五 責備，責罵

例 部長に叱られた。

譯 被部長罵了。

07│あやまる【謝る】

自五 道歉，謝罪；認錯；謝絕

例 君に謝る。

譯 向你道歉。

08 | さげる【下げる】

（他下一）降低，向下；掛；躲開；整理，收拾

例 頭を下げる。

譯 低下頭。

09 | やめる【辞める】

（他下一）停止；取消；離職

例 仕事を辞める。

譯 辭去工作。

10 | きかい【機会】

（名）機會

例 機会を得る。

譯 得到機會。

11 | いちど【一度】

（名・副）一次，一回；一旦

例 もう一度説明してください。

譯 請再説明一次。

12 | つづく【続く】

（自五）繼續；接連；跟著

例 彼は続いてそれを説明した。

譯 他接下來就那件事進行説明。

13 | つづける【続ける】

（他下一）持續，繼續；接著

例 話を続ける。

譯 繼續講。

14 | ゆめ【夢】

（名）夢

15 | パート【part】

（名）打工；部分，篇，章；職責，（扮演的）角色；分得的一份

例 パートで働く。

譯 打零工。

16 | てつだい【手伝い】

（名）幫助；幫手；幫傭

例 手伝いを頼む。

譯 請求幫忙。

17 | かいぎしつ【会議室】

（名）會議室

例 会議室に入る。

譯 進入會議室。

18 | ぶちょう【部長】

（名）部長

例 部長は厳しい人だ。

譯 部長是個很嚴格的人。

19 | かちょう【課長】

（名）課長，科長

例 課長になる。

譯 成為課長。

20 | すすむ【進む】

（自五）進展，前進；上升（級別等）；進步；（鐘）快；引起食慾；（程度）提高

例 仕事が進む。

譯 工作進展下去。

例 夢を見る。

譯 做夢。

21 | チェック【check】

（名・他サ）檢查

例 チェックが厳しい。

譯 檢驗嚴格。

22 | べつ【別】

（名・形動）別外，別的；區別

例 別の機会に会おう。

譯 找別的機會碰面吧。

23 | むかえる【迎える】

（他下一）迎接；邀請；娶，招；迎合

例 客を迎える。

譯 迎接客人。

24 | すむ【済む】

（自五）（事情）完結，結束；過得去，沒問題；（問題）解決，（事情）了結

例 用事が済んだ。

譯 辦完事了。

25 | ねぼう【寝坊】

（名・形動・自サ）睡懶覺，貪睡晚起的人

例 寝坊して会社に遅れた。

譯 睡過頭，上班遲到。

N4 ● 12-4(1)

12-4 パソコン関係（1）/
電腦相關（1）

01 | ノートパソコン【notebook personal computer 之略】

（名）筆記型電腦

例 ノートパソコンを買う。

譯 買筆電。

02 | デスクトップパソコン【desktop personal computer】

（名）桌上型電腦

例 デスクトップパソコンを買う。

譯 購買桌上型電腦。

03 | キーボード【keyboard】

（名）鍵盤；電腦鍵盤；電子琴

例 キーボードが壊れる。

譯 鍵盤壞掉了。

04 | マウス【mouse】

（名）滑鼠；老鼠

例 マウスを動かす。

譯 移動滑鼠。

05 | スタートボタン【start button】

（名）（微軟作業系統的）開機鈕

例 スタートボタンを押す。

譯 按開機鈕。

06 | クリック【click】

（名・他サ）喀嚓聲；按下（按鍵）

例 ボタンをクリックする。

譯 按按鍵。

07 | にゅうりょく【入力】

（名・他サ）輸入；輸入數據

例 名字を平仮名で入力する。

譯 姓名以平假名鍵入。

08 | （インター）ネット【internet】
名 網際網路
例 インターネットの普及。
譯 網際網路的普及。

09 | ホームページ【homepage】
名 網站首頁；網頁（總稱）
例 ホームページを作る。
譯 製作網頁。

10 | ブログ【blog】
名 部落格
例 ブログに写真を載せる。
譯 在部落格裡貼照片。

11 | インストール【install】
他サ 安裝（電腦軟體）
例 ソフトをインストールする。
譯 安裝軟體。

12 | じゅしん【受信】
名・他サ （郵件、電報等）接收；收聽
例 ここでは受信できない。
譯 這裡接收不到。

13 | しんきさくせい【新規作成】
名・他サ 新作，從頭做起；（電腦檔案）開新檔案
例 ファイルを新規作成する。
譯 開新檔案。

14 | とうろく【登録】
名・他サ 登記；（法）登記，註冊；記錄

例 パソコンで登録する。
譯 用電腦註冊。

12-4 パソコン関係 (2) ／
電腦相關 (2)

15 | メール【mail】
名 電子郵件；信息；郵件
例 メールを送る。
譯 送信。

16 | メールアドレス【mail address】
名 電子信箱地址，電子郵件地址
例 メールアドレスを教える。
譯 把電子郵件地址留給你。

17 | アドレス【address】
名 住址，地址；（電子信箱）地址；（高爾夫）擊球前姿勢
例 アドレス帳を開く。
譯 打開通訊簿。

18 | あてさき【宛先】
名 收件人姓名地址，送件地址
例 あて先を間違えた。
譯 寫錯收信人的地址。

19 | けんめい【件名】
名 （電腦）郵件主旨；項目名稱；類別
例 件名をつける。
譯 寫上主旨。

20 | そうにゅう【挿入】

（名・他サ）挿入，裝入
例 図を挿入する。
譯 插入圖片。

21｜さしだしにん【差出人】

（名）發信人，寄件人
例 差出人の住所を書く。
譯 填上寄件人地址。

22｜てんぷ【添付】

（名・他サ）添上，附上；（電子郵件）附加檔案
例 ファイルを添付する。
譯 附上文件。

23｜そうしん【送信】

（名・自サ）發送（電子郵件）；（電）發報，播送，發射
例 メールを送信する。
譯 寄電子郵件。

24｜てんそう【転送】

（名・他サ）轉送，轉寄，轉遞
例 お客様に転送する。
譯 轉寄給客戶。

25｜キャンセル【cancel】

（名・他サ）取消，作廢；廢除
例 予約をキャンセルする。
譯 取消預約

26｜ファイル【file】

（名）文件夾；合訂本，卷宗；（電腦）檔案

例 ファイルをコピーする。
譯 影印文件；備份檔案。

27｜ほぞん【保存】

（名・他サ）保存；儲存（電腦檔案）
例 PC に資料を保存する。
譯 把資料存在 PC 裡。

28｜へんしん【返信】

（名・自サ）回信，回電
例 返信を待つ。
譯 等待回信。

29｜コンピューター【computer】

（名）電腦
例 コンピューターを使う。
譯 使用電腦。

30｜スクリーン【screen】

（名）螢幕
例 スクリーンの前に立つ。
譯 出現在螢幕上。

31｜パソコン【personal computer 之略】

（名）個人電腦
例 パソコンが動かなくなってしまった。
譯 電腦當機了。

32 | ワープロ【word processor 之略】

㊔ 文字處理機

㋑ ワープロを打つ。

㊢ 打文字處理機。

パート 13 第十三章

経済、政治、法律

- 經濟、政治、法律 -

13-1 経済、取引 /
經濟、交易

01 | けいざい【経済】
名 經濟
例 経済をよくする。
譯 讓經濟好起來。

02 | ぼうえき【貿易】
名 國際貿易
例 貿易を行う。
譯 進行貿易。

03 | さかん【盛ん】
形動 繁盛，興盛
例 有機農業が盛んに行われている。
譯 有機農業非常盛行。

04 | ゆしゅつ【輸出】
名・他サ 出口
例 米の輸出が増えた。
譯 稻米的外銷量增加了。

05 | しなもの【品物】
名 物品，東西；貨品
例 品物を紹介する。
譯 介紹商品。

06 | とくばいひん【特売品】
名 特賣商品，特價商品
例 特売品を買う。
譯 買特價商品。

07 | バーゲン【bargain sale 之略】
名 特價，出清；特賣
例 バーゲンセールで買った。
譯 在特賣會購買的。

08 | ねだん【値段】
名 價錢
例 値段を上げる。
譯 提高價格。

09 | あがる【上がる】
自五 登上；升高，上升；發出(聲音)；(從水中)出來；(事情)完成
例 値段が上がる。
譯 漲價。

10 | くれる【呉れる】
他下一 給我
例 考える機会をくれる。
譯 給我思考的機會。

11 | もらう【貰う】

他五 收到，拿到

例 いいアイディアを貰う。

譯 得到好點子。

12 | やる【遣る】

他五 派；給，給予；做

例 会議をやる。

譯 開會。

13 | ちゅうし【中止】

名・他サ 中止

例 交渉が中止された。

譯 交渉被停止了

13-2 金融 /
金融

01 | つうちょうきにゅう【通帳記入】

名 補登錄存摺

例 通帳記入をする。

譯 補登錄存摺。

02 | あんしょうばんごう【暗証番号】

名 密碼

例 暗証番号を忘れた。

譯 忘記密碼。

03 | キャッシュカード【cash card】

名 金融卡，提款卡

例 キャッシュカードを拾う。

譯 撿到金融卡。

04 | クレジットカード【credit card】

名 信用卡

例 クレジットカードで支払う。

譯 用信用卡支付。

05 | こうきょうりょうきん【公共料金】

名 公共費用

例 公共料金を支払う。

譯 支付公共費用。

06 | しおくり【仕送り】

名・自他サ 匯寄生活費或學費

例 家に仕送りする。

譯 給家裡寄生活費。

07 | せいきゅうしょ【請求書】

名 帳單，繳費單

例 請求書が届く。

譯 收到繳費通知單。

08 | おく【億】

名 億；數量眾多

例 1億を超えた。

譯 已經超過一億了。

09 | はらう【払う】

他五 付錢；除去；處裡；驅趕；揮去

例 お金を払う。

譯 付錢。

10 | おつり【お釣り】

名 找零
例 お釣りを下さい。
譯 請找我錢。

名・自サ 出席
例 出席を求める。
譯 請求出席。

11 | せいさん【生産】

名・他サ 生産
例 生産が間に合わない。
譯 來不及生產。

04 | せんそう【戦争】

名・自サ 戦争；打仗
例 戦争になる。
譯 開戰。

12 | さんぎょう【産業】

名 産業
例 外食産業が盛んだ。
譯 外食產業蓬勃發展。

05 | きそく【規則】

名 規則，規定
例 規則を作る。
譯 訂立規則。

13 | わりあい【割合】

名 比，比例
例 割合を調べる。
譯 調查比例。

06 | ほうりつ【法律】

名 法律
例 法律を守る。
譯 守法。

N4 ● 13-3

13-3 政治、法律 /
政治、法律

07 | やくそく【約束】

名・他サ 約定，規定
例 約束を守る。
譯 守約。

01 | せいじ【政治】

名 政治
例 政治に関係する。
譯 參與政治。

08 | きめる【決める】

他下一 決定；規定；認定
例 値段を決めた。
譯 決定價錢。

02 | えらぶ【選ぶ】

他五 選擇
例 正しいものを選びなさい。
譯 請挑選正確的事物。

09 | たてる【立てる】

他下一 立起，訂立；揚起；維持
例 一年の計画を立てる。
譯 規劃一年的計畫。

03 | しゅっせき【出席】

10 | もうひとつ【もう一つ】

連語 再一個；還差一點

例 もう<ruby>一<rt>ひと</rt></ruby>つ<ruby>考<rt>かんが</rt></ruby>えられる。

譯 還有一點可以思考。

13-4 犯罪、トラブル /
犯罪、遇難

01 | ちかん【痴漢】

名 色狼

例 <ruby>電車<rt>でんしゃ</rt></ruby>で<ruby>痴漢<rt>ちかん</rt></ruby>にあった。

譯 在電車上遇到色狼了。

02 | ストーカー【stalker】

名 跟蹤狂

例 ストーカーにあう。

譯 遇到跟蹤事件。

03 | すり

名 扒手

例 すりに<ruby>財布<rt>さいふ</rt></ruby>をやられた。

譯 錢包被扒手扒走了。

04 | どろぼう【泥棒】

名 偷竊；小偷，竊賊

例 <ruby>泥棒<rt>どろぼう</rt></ruby>を<ruby>捕<rt>つか</rt></ruby>まえた。

譯 捉住了小偷。

05 | ぬすむ【盗む】

他五 偷盜，盜竊

例 <ruby>お金<rt>かね</rt></ruby>を<ruby>盗<rt>ぬす</rt></ruby>む。

譯 偷錢。

06 | こわす【壊す】

他五 弄碎；破壞

例 <ruby>鍵<rt>かぎ</rt></ruby>を<ruby>壊<rt>こわ</rt></ruby>す。

譯 破壞鑰匙。

07 | にげる【逃げる】

自下一 逃走，逃跑；逃避；領先（運動競賽）

例 <ruby>警察<rt>けいさつ</rt></ruby>から<ruby>逃<rt>に</rt></ruby>げる。

譯 從警局逃出。

08 | つかまえる【捕まえる】

他下一 逮捕，抓；握住

例 <ruby>犯人<rt>はんにん</rt></ruby>を<ruby>捕<rt>つか</rt></ruby>まえる。

譯 抓犯人。

09 | みつかる【見付かる】

自五 發現了；找到

例 <ruby>落<rt>お</rt></ruby>とし<ruby>物<rt>もの</rt></ruby>が<ruby>見<rt>み</rt></ruby>つかる。

譯 找到遺失物品。

10 | なくす【無くす】

他五 弄丟，搞丟

例 <ruby>鍵<rt>かぎ</rt></ruby>をなくす。

譯 弄丟鑰匙。

11 | おとす【落とす】

他五 掉下；弄掉

例 <ruby>財布<rt>さいふ</rt></ruby>を<ruby>落<rt>お</rt></ruby>とす。

譯 錢包掉了。

12 | かじ【火事】

名 火災

例 火事にあう。
譯 遇到火災。

13 | きけん【危険】

(名・形動) 危険
例 この先危険。入るな。
譯 前方危險，禁止進入！

14 | あんぜん【安全】

(名・形動) 安全；平安
例 安全な場所に逃げよう。
譯 逃往安全的場所吧。

01 | いか【以下】　　　　　N4●14

㊂ 以下，不到…；在…以下；以後

例 重さは 10 キロ以下にする。

譯 重量調整在 10公斤以下。

02 | いない【以内】

㊂ 不超過…；以內

例 一時間以内で行ける。

譯 一小時內可以到。

03 | いじょう【以上】

㊂ 以上，不止，超過，以外；上述

例 20 分以上遅れた。

譯 遲到超過 20分鐘。

04 | たす【足す】

㊏ 補足，增加

例 すこし塩を足してください。

譯 請再加一點鹽巴。

05 | たりる【足りる】

㊂ 足夠；可湊合

例 お金は十分足りる。

譯 錢很充裕。

06 | おおい【多い】

㊄ 多的

例 宿題が多い。

譯 功課很多。

07 | すくない【少ない】

㊄ 少

例 休みが少ない。

譯 休假不多。

08 | ふえる【増える】

㊂ 增加

例 お金が増える。

譯 錢增加了。

09 | かたち【形】

㊂ 形狀；形，樣子；形式上的；形式

例 形が変わる。

譯 變形。

10 | おおきな【大きな】

㊂ 大，大的

例 学校に大きな木がある。

譯 學校有一棵大樹。

11 | ちいさな【小さな】

㊂ 小，小的；年齡幼小

例 小さな子供がいる。

譯 有小孩。

パート 15 心理、思考、言語
第十五章
- 心理、思考、語言 -

15-1 心理、感情 /
心理、感情

01 | こころ【心】
名 內心；心情
例 心が痛む。
譯 感到痛心難過。

02 | き【気】
名 氣，氣息；心思；意識；性質
例 気に入る。
譯 喜歡、中意。

03 | きぶん【気分】
名 情緒；氣氛；身體狀況
例 気分がいい。
譯 好心情。

04 | きもち【気持ち】
名 心情；感覺；身體狀況
例 気持ちが悪い。
譯 感到噁心。

05 | きょうみ【興味】
名 興趣
例 興味がない。
譯 沒興趣。

06 | あんしん【安心】
名・自サ 放心，安心
例 彼と一緒だと安心する。
譯 和他一起，便感到安心。

07 | すごい【凄い】
形 厲害，很棒；非常
例 すごい人気だった。
譯 超人氣。

08 | すばらしい【素晴らしい】
形 出色，很好
例 素晴らしい景色。
譯 景色優美。

09 | こわい【怖い】
形 可怕，害怕
例 怖い夢を見た。
譯 做了一個非常可怕的夢。

10 | じゃま【邪魔】
名・形動・他サ 妨礙，阻擾；拜訪
例 ビルが邪魔で花火が見えない。
譯 大樓擋到了，看不到煙火。

11 | しんぱい【心配】

(名・自他サ) 擔心，操心

例 ご心配をお掛けしました。

譯 讓各位擔心了。

12 | はずかしい【恥ずかしい】

(形) 丟臉，害羞；難為情

例 恥ずかしくなる。

譯 感到害羞。

13 | ふくざつ【複雑】

(名・形動) 複雜

例 複雑になる。

譯 變得複雜。

14 | もてる【持てる】

(自下一) 能拿，能保持；受歡迎，吃香

例 学生にもてる。

譯 受學生歡迎。

15 | ラブラブ【lovelove】

(形動)（情侶，愛人等）甜蜜，如膠似漆

例 彼氏とラブラブです。

譯 與男朋友甜甜密密。

15-2 喜怒哀楽 /
喜怒哀樂

01 | うれしい【嬉しい】

(形) 高興，喜悦

例 孫たちが訪ねてきて嬉しい。

譯 孫兒來探望很開心！

02 | たのしみ【楽しみ】

(名・形動) 期待，快樂

例 釣りを楽しみとする。

譯 以釣魚為樂。

03 | よろこぶ【喜ぶ】

(自五) 高興

例 卒業を喜ぶ。

譯 為畢業而喜悦。

04 | わらう【笑う】

(自五) 笑；譏笑

例 テレビを見て笑っている。

譯 一邊看電視一邊笑。

05 | ユーモア【humor】

(名) 幽默，滑稽，詼諧

例 ユーモアのある人が好きだ。

譯 我喜歡具有幽默感的人。

06 | うるさい【煩い】

(形) 吵鬧；煩人的；囉唆；厭惡

例 電車の音がうるさい。

譯 電車聲很吵。

07 | おこる【怒る】

(自五) 生氣；斥責

例 母に怒られる。

譯 挨了媽媽的責罵。

08 | おどろく【驚く】

(自五) 驚嚇，吃驚，驚奇

例 肩をたたかれて驚いた。

譯 有人拍我肩膀，嚇了我一跳。

譯 打來電報。

09 | かなしい【悲しい】

形 悲傷，悲哀
例 悲しい思いをする。
譯 感到悲傷。

02 | とどける【届ける】

他下一 送達；送交；申報，報告
例 荷物を届ける。
譯 把行李送到。

10 | さびしい【寂しい】

形 孤單；寂寞；荒涼，冷清；空虛
例 一人で寂しい。
譯 一個人很寂寞。

03 | おくる【送る】

他五 寄送；派；送行；度過；標上（假名）
例 お礼の手紙を送る。
譯 寄了信道謝。

11 | ざんねん【残念】

名・形動 遺憾，可惜，懊悔
例 残念に思う。
譯 感到遺憾。

04 | しらせる【知らせる】

他下一 通知，讓對方知道
例 警察に知らせる。
譯 報警。

12 | なく【泣く】

自五 哭泣
例 大きな声で泣く。
譯 大聲哭泣。

05 | つたえる【伝える】

他下一 傳達，轉告；傳導
例 孫の代まで伝える。
譯 傳承到子孫這一代。

13 | びっくり

副・自サ 驚嚇，吃驚
例 びっくりして起きた。
譯 嚇醒過來。

06 | れんらく【連絡】

名・自他サ 聯繫，聯絡；通知
例 連絡を取る。
譯 取得連繫。

N4 ● 15-3

15-3 伝達、通知、報道 /
傳達、通知、報導

07 | たずねる【尋ねる】

他下一 問，打聽；詢問
例 道を尋ねる。
譯 問路。

01 | でんぽう【電報】

名 電報
例 電報が来る。

08 | へんじ【返事】

(名・自サ) 回答，回覆

例 返事をしなさい。

譯 回答我啊。

09 | てんきよほう【天気予報】

(名) 天気預報

例 ラジオの天気予報を聞く。

譯 聽收音機的氣象預報。

10 | ほうそう【放送】

(名・他サ) 播映，播放

例 有料放送を見る。

譯 收看收費節目。

15-4 思考、判断 /
思考、判斷

01 | おもいだす【思い出す】

(他五) 想起來，回想

例 幼い頃を思い出す。

譯 回想起小時候。

02 | おもう【思う】

(他五) 想，思考；覺得，認為；相信；猜想；感覺；希望；掛念，懷念

例 仕事を探そうと思う。

譯 我想去找工作。

03 | かんがえる【考える】

(他下一) 想，思考；考慮；認為

例 深く考える。

譯 深思，思索。

04 | はず

(形式名詞) 應該；會；確實

例 明日きっと来るはずだ。

譯 明天一定會來。

05 | いけん【意見】

(名・自他サ) 意見；勸告；提意見

例 意見が合う。

譯 意見一致。

06 | しかた【仕方】

(名) 方法，做法

例 料理の仕方がわからない。

譯 不知道如何做菜。

07 | しらべる【調べる】

(他下一) 查閱，調查；檢查；搜查

例 辞書で調べる。

譯 查字典。

08 | まま

(名) 如實，照舊，…就…；隨意

例 思ったままを書く。

譯 照心中所想寫出。

09 | くらべる【比べる】

(他下一) 比較

例 値段を比べる。

譯 比較價格。

10 | ばあい【場合】

(名) 時候；狀況，情形

例 遅れた場合はどうなりますか。

譯 遲到的時候怎麼辦呢？

---

11 | へん【変】

名・形動 奇怪，怪異；變化；事變

例 変な味がする。

譯 味道怪怪的。

---

12 | とくべつ【特別】

名・形動 特別，特殊

例 今日だけ特別に寝坊を許す。

譯 今天破例允許睡晚一點。

---

13 | だいじ【大事】

名・形動 大事；保重，重要（「大事さ」為形容動詞的名詞形）

例 大事なことはメモしておく。

譯 重要的事會寫下來。

---

14 | そうだん【相談】

名・自他サ 商量

例 相談して決める。

譯 通過商討決定。

---

15 | によると【に拠ると】

連語 根據，依據

例 天気予報によると、雨らしい。

譯 根據氣象預報，可能會下雨。

---

16 | あんな

連體 那樣地

例 あんな家に住みたい。

譯 想住那種房子。

---

17 | そんな

連體 那樣的

例 そんなことはない。

譯 不會，哪裡。

N4 ● 15-5

15-5 理由、決定／
理由、決定

---

01 | ため

名 （表目的）為了；（表原因）因為

例 病気のために休む。

譯 因為有病而休息。

---

02 | なぜ【何故】

副 為什麼

例 何故わからないのですか。

譯 為什麼不懂？

---

03 | げんいん【原因】

名 原因

例 原因はまだわからない。

譯 原因目前尚未查明。

---

04 | りゆう【理由】

名 理由，原因

例 理由がある。

譯 有理由。

---

05 | わけ【訳】

名 原因，理由；意思

例 訳が分かる。

譯 知道意思；知道原因；明白事理。

06 | ただしい【正しい】

(形) 正確；端正
例 正しい答えを選ぶ。
譯 選擇正確的答案。

07 | あう【合う】

(自五) 合；一致，合適；相配；符合；正確
例 話しが合う。
譯 談話很投機。

08 | ひつよう【必要】

(名・形動) 需要
例 必要がある。
譯 有必要。

09 | よろしい【宜しい】

(形) 好，可以
例 どちらでもよろしい。
譯 哪一個都好，怎樣都行。

10 | むり【無理】

(形動) 勉強；不講理；逞強；強求；無法辦到
例 無理を言うな。
譯 別無理取鬧。

11 | だめ【駄目】

(名) 不行；沒用；無用
例 英語はだめだ。
譯 英語很差。

12 | つもり

(名) 打算；當作

例 彼に会うつもりはありません。
譯 不打算跟他見面。

13 | きまる【決まる】

(自五) 決定；規定；決定勝負
例 会議は 10 日に決まった。
譯 會議訂在 10 號。

14 | はんたい【反対】

(名・自サ) 相反；反對
例 彼の意見に反対する。
譯 反對他的看法。

15-6 理解 /
理解

01 | けいけん【経験】

(名・他サ) 經驗，經歷
例 経験から学ぶ。
譯 從經驗中學習。

02 | やくにたつ【役に立つ】

(慣) 有幫助，有用
例 日本語が役に立つ。
譯 會日語很有幫助。

03 | こと【事】

(名) 事情
例 一番大事な事は何ですか。
譯 最重要的是什麼事呢？

04 | せつめい【説明】

(名・他サ) 説明

例 説明がたりない。

譯 解釋不夠充分。

05 | しょうち【承知】

(名・他サ) 知道，了解，同意；接受

例 キャンセルを承知しました。

譯 您要取消，我知道了。

06 | うける【受ける】

(自他下一) 接受，承接；受到；得到；遭受；接受；應考

例 検査を受ける。

譯 接受檢查。

07 | かまう【構う】

(自他五) 在意，理會；逗弄

例 どうぞおかまいなく。

譯 請別那麼張羅。

08 | うそ【嘘】

(名) 謊話；不正確

例 嘘をつく。

譯 說謊。

09 | なるほど

(感・副) 的確，果然；原來如此

例 なるほど、面白い本だ。

譯 果然是本有趣的書。

10 | かえる【変える】

(他下一) 改變；變更

例 主張を変える。

譯 改變主張。

11 | かわる【変わる】

(自五) 變化，改變；奇怪；與眾不同

例 いつも変わらない。

譯 永不改變。

12 | あっ

(感) 啊(突然想起、吃驚的樣子)哎呀

例 あっ、わかった。

譯 啊！我懂了。

13 | おや

(感) 哎呀

例 おや、こういうことか。

譯 哎呀！原來是這個意思！

14 | うん

(感) 嗯；對，是；喔

例 うんと返事する。

譯 嗯了一聲作為回答。

15 | そう

(感・副) 那樣，這樣；是

例 本当にそうでしょうか。

譯 真的是那樣嗎？

16 | について

(連語) 關於

例 日本の風俗についての本を書く。

譯 撰寫有關日本的風俗。

15-7 言語、出版物 /
語言、出版品

01 | かいわ【会話】
(名・自サ) 會話，對話
例 会話が下手だ。
譯 不擅長與人對話。

02 | はつおん【発音】
(名) 發音
例 発音がはっきりしている。
譯 發音清楚。

03 | じ【字】
(名) 字，文字
例 字が見にくい。
譯 字看不清楚；字寫得難看

04 | ぶんぽう【文法】
(名) 文法
例 文法に合う。
譯 合乎語法。

05 | にっき【日記】
(名) 日記
例 日記に書く。
譯 寫入日記。

06 | ぶんか【文化】
(名) 文化；文明
例 日本の文化を紹介する。
譯 介紹日本文化。

07 | ぶんがく【文学】
(名) 文學
例 文学を味わう。
譯 鑑賞文學。

08 | しょうせつ【小説】
(名) 小説
例 小説を書く。
譯 寫小説。

09 | テキスト【text】
(名) 教科書
例 英語のテキストを探す。
譯 找英文教科書。

10 | まんが【漫画】
(名) 漫畫
例 全28巻の漫画を読む。
譯 看全套共28集的漫畫。

11 | ほんやく【翻訳】
(名・他サ) 翻譯
例 作品を翻訳する。
譯 翻譯作品。

パート
16
第十六章

副詞、その他の品詞

- 副詞與其他品詞 -

16-1 時間副詞 /
時間副詞

01 | きゅうに【急に】

副 突然

例 温度が急に下がった。

譯 溫度突然下降。

02 | これから

連語 接下來，現在起

例 これからどうしようか。

譯 接下來該怎麼辦呢？

03 | しばらく【暫く】

副 暫時，一會兒；好久

例 暫くお待ちください。

譯 請稍候。

04 | ずっと

副 更；一直

例 ずっと家にいる。

譯 一直待在家。

05 | そろそろ

副 快要；逐漸；緩慢

例 そろそろ帰ろう。

譯 差不多回家了吧。

06 | たまに【偶に】

副 偶爾

例 偶にゴルフをする。

譯 偶爾打高爾夫球。

07 | とうとう【到頭】

副 終於

例 とうとう読み終わった。

譯 終於讀完了。

08 | ひさしぶり【久しぶり】

名・形動 許久，隔了好久

例 久しぶりに食べた。

譯 過了許久才吃到了。

09 | まず【先ず】

副 首先，總之；大約；姑且

例 痛くなったら、まず薬を飲んでください。

譯 感覺疼痛的話，請先服藥。

10 | もうすぐ【もう直ぐ】

副 不久，馬上

例 もうすぐ春が来る。

譯 春天馬上就要到來。

11 | やっと

(副) 終於，好不容易

例 やっと問題が分かる。

譯 終於知道問題所在了。

12 | きゅう【急】

(名・形動) 急迫；突然；陡

例 急な用事で休む。

譯 因急事請假。

16-2 程度副詞 /
程度副詞

01 | いくら…ても【幾ら…ても】

(名・副) 無論…也不…

例 いくら説明してもわからない。

譯 無論怎麼說也不明白。

02 | いっぱい【一杯】

(名・副) 一碗，一杯；充滿，很多

例 お腹いっぱい食べた。

譯 吃得肚子飽飽的。

03 | ずいぶん【随分】

(副・形動) 相當地，超越一般程度；不像話

例 随分よくなった。

譯 好很多。

04 | すっかり

(副) 完全，全部

例 すっかり変わる。

譯 徹底改變。

05 | ぜんぜん【全然】

(副) （接否定）完全不…，一點也不…；非常

例 全然気にしていない。

譯 一點也不在乎。

06 | そんなに

(副) 那麼，那樣

例 そんなに騒ぐな。

譯 別鬧成那樣。

07 | それほど【それ程】

(副) 那麼地

例 それ程寒くない。

譯 沒有那麼冷。

08 | だいたい【大体】

(副) 大部分；大致，大概

例 大体分かる。

譯 大致理解。

09 | だいぶ【大分】

(副) 相當地

例 大分暖かくなった。

譯 相當暖和了。

10 | ちっとも

(副) 一點也不…

例 ちっとも疲れていない。

譯 一點也不累。

11 | できるだけ【出来るだけ】

(副) 盡可能地

例 できるだけ自分のことは自分でする。

譯 盡量自己的事情自己做。

12 | なかなか【中々】

(副・形動) 超出想像；頗，非常；(不)容易；
(後接否定)總是無法
例 なかなか面白い。
譯 很有趣。

13 | なるべく

(副) 盡量，盡可能
例 なるべく邪魔をしない。
譯 盡量不打擾別人。

14 | ばかり

(副助) 大約；光，淨；僅只；幾乎要
例 テレビばかり見ている。
譯 老愛看電視。

15 | ひじょうに【非常に】

(副) 非常，很
例 非常に疲れている。
譯 累極了。

16 | べつに【別に】

(副) 分開；額外；除外；(後接否定)(不)
特別，(不)特殊
例 別に予定はない。
譯 沒甚麼特別的行程。

17 | ほど【程】

(名・副助) …的程度；限度；越…越…
例 三日ほど高い熱が続く。
譯 連續高燒約三天。

18 | ほとんど【殆ど】

(名・副) 大部份；幾乎
例 殆ど意味がない。
譯 幾乎沒有意義。

19 | わりあいに【割合に】

(副) 比較地
例 値段の割合にものが良い。
譯 照價錢來看東西相對是不錯的。

20 | じゅうぶん【十分】

(副・形動) 充分，足夠
例 十分に休む。
譯 充分休息。

21 | もちろん

(副) 當然
例 もちろんあなたは正しい。
譯 當然你是對的。

22 | やはり

(副) 依然，仍然
例 子供はやはり子供だ。
譯 小孩終究是小孩。

N4 ● 16-3

16-3 思考、狀態副詞 /
思考、狀態副詞

01 | ああ

(副) 那樣
例 ああ言えばこう言う。
譯 強詞奪理。

02 | たしか【確か】

(形動・副) 確實，可靠；大概

例 確かな数を言う。

譯 說出確切的數字。

03 | かならず【必ず】

(副) 一定，務必，必須

例 かならず来る。

譯 一定會來。

04 | かわり【代わり】

(名) 代替，替代；補償，報答；續(碗、杯等)

例 代わりの物を使う。

譯 使用替代物品。

05 | きっと

(副) 一定，務必

例 きっと来てください。

譯 請務必前來。

06 | けっして【決して】

(副) (後接否定)絕對(不)

例 彼は決して悪い人ではない。

譯 他絕不是個壞人。

07 | こう

(副) 如此；這樣，這麼

例 こうなるとは思わなかった。

譯 沒想到會變成這樣。

08 | しっかり【確り】

(副・自サ) 紮實；堅固；可靠；穩固

例 しっかり覚える。

譯 牢牢地記住。

09 | ぜひ【是非】

(副) 務必；好與壞

例 ぜひおいでください。

譯 請一定要來。

10 | たとえば【例えば】

(副) 例如

例 これは例えばの話だ。

譯 這只是個比喻而已。

11 | とくに【特に】

(副) 特地，特別

例 特に用事はない。

譯 沒有特別的事。

12 | はっきり

(副) 清楚；明確；爽快；直接

例 はっきり(と)見える。

譯 清晰可見。

13 | もし【若し】

(副) 如果，假如

例 もし雨が降ったら中止する。

譯 如果下雨的話就中止。

16-4 接続詞、接続助詞、接尾詞、接頭詞 /
接續詞、接助詞、接尾詞、接頭詞

01 | すると
接續 於是；這樣一來
例 すると急にまっ暗になった。
譯 突然整個變暗。

02 | それで
接續 後來，那麼
例 それでどうした。
譯 然後呢？

03 | それに
接續 而且，再者
例 晴れだし、それに風もない。
譯 晴朗而且無風。

04 | だから
接續 所以，因此
例 だから友達がたくさんいる。
譯 正因為那樣才有許多朋友。

05 | または【又は】
接續 或者
例 鉛筆またはボールペンを使う。
譯 使用鉛筆或原子筆。

06 | けれど・けれども
接助 但是
例 読めるけれども書けません。
譯 可以讀但是不會寫。

07 | おき【置き】
接尾 每隔…
例 一ヵ月おきに来る。
譯 每隔一個月會來。

08 | がつ【月】
接尾 …月
例 七月に日本へ行く。
譯 七月要去日本。

09 | かい【会】
名 …會，會議
例 音楽会へ行く。
譯 去聽音樂會。

10 | ばい【倍】
名・接尾 倍，加倍
例 三倍になる。
譯 成為三倍。

11 | けん・げん【軒】
接尾 …間，…家
例 右から三軒目がホテルです。
譯 從右數來第三間是飯店。

12 | ちゃん
接尾 （表親暱稱謂）小…
例 健ちゃん、ここに来て。
譯 小健，過來這邊。

13 | くん【君】

接尾 君

例 山田君が来る。

譯 山田君來了。

14 | さま【様】

接尾 先生，小姐

例 こちらが木村様です。

譯 這位是木村先生。

15 | め【…目】

接尾 第…

例 二行目を見てください。

譯 請看第二行。

16 | か【家】

名・接尾 …家；家族，家庭；從事…的人

例 立派な音楽家になった。

譯 成了一位出色的音樂家。

17 | しき【式】

名・接尾 儀式，典禮；…典禮 ；方式；樣式；算式，公式

例 卒業式へ行く。

譯 去參加畢業典禮。

18 | せい【製】

名・接尾 …製

例 台湾製の靴を買う。

譯 買台灣製的鞋子。

19 | だい【代】

名・接尾 世代；（年齡範圍）…多歲；費用

例 十代の若者が多い。

譯 有許多十幾歲的年輕人。

20 | だす【出す】

接尾 開始…

例 彼女が泣き出す。

譯 她哭了起來。

21 | にくい【難い】

接尾 難以，不容易

例 薬は苦くて飲みにくい。

譯 藥很苦很難吞嚥。

22 | やすい

接尾 容易…

例 わかりやすく話す。

譯 説得簡單易懂。

23 | すぎる【過ぎる】

自上一 超過；過於；經過 接尾 過於…

例 50歳を過ぎる。

譯 過了50歲。

24 | ご【御】

接頭 貴（接在跟對方有關的事物、動作的漢字詞前）表示尊敬語、謙讓語

例 ご主人によろしく。

譯 請代我向您先生問好。

25 | ながら

接助 一邊…，同時…

例 ご飯を食べながらテレビを見る。

譯 邊吃飯邊看電視。

26 | **かた【方】**

接尾 …方法

例 作り方を学ぶ。

譯 學習做法。

16-5 尊敬語、謙讓語 /
尊敬語、謙讓語

01 | **いらっしゃる**

自五 來，去，在(尊敬語)

例 先生がいらっしゃった。

譯 老師來了。

02 | **おいでになる**

他五 來，去，在，光臨，駕臨(尊敬語)

例 よくおいでになりました。

譯 難得您來，歡迎歡迎。

03 | **ごぞんじ【ご存知】**

名 您知道(尊敬語)

例 いくらかかるかご存じですか。

譯 您知道要花費多少錢嗎？

04 | **ごらんになる【ご覧になる】**

他五 看，閱讀(尊敬語)

例 展覧会をごらんになりましたか。

譯 您看過展覽會了嗎？

05 | **なさる**

他五 做(「する」的尊敬語)

例 高橋様ご結婚なさるのですか。

譯 高橋小姐要結婚了嗎？

06 | **めしあがる【召し上がる】**

他五 吃，喝(「食べる」、「飲む」的尊敬語)

例 コーヒーを召し上がってください。

譯 請喝咖啡。

07 | **いたす【致す】**

自他五・補動 (「する」的謙恭説法)做，辦；致；有…，感覺…

例 私がいたします。

譯 由我來做。

08 | **いただく【頂く・戴く】**

他五 領受；領取；吃，喝；頂

例 遠慮なくいただきます。

譯 那我就不客氣拜領了。

09 | **うかがう【伺う】**

他五 拜訪；請教，打聽(謙讓語)

例 明日お宅に伺います。

譯 明天到府上拜訪您。

10 | **おっしゃる**

他五 説，講，叫

例 先生がおっしゃいました。

譯 老師説了。

11 | **くださる【下さる】**

他五 給，給予(「くれる」的尊敬語)

例 先生が来てくださった。

譯 老師特地前來。

12 | さしあげる【差し上げる】

(他下一) 給（「あげる」的謙讓語）

例 これをあなたに差し上げます。

譯 這個奉送給您。

13 | はいけん【拝見】

(名・他サ) 看，拜讀

例 お手紙拝見しました。

譯 已拜讀貴函。

14 | まいる【参る】

(自五) 來，去（「行く」、「来る」的謙讓語）；
認輸；參拜

例 ただいま参ります。

譯 我馬上就去。

15 | もうしあげる【申し上げる】

(他下一) 説（「言う」的謙讓語）

例 お礼を申し上げます。

譯 向您致謝。

16 | もうす【申す】

(他五) 説，叫（「言う」的謙讓語）

例 私は山田と申します。

譯 我叫山田。

17 | ございます

(特殊形) 是，在（「ある」、「あります」
的鄭重説法表示尊敬）

例 おめでとうございます。

譯 恭喜恭喜。

18 | でございます

(自・特殊形) 是（「だ」、「です」、「である」
的鄭重説法）

例 山田産業の加藤でございます。

譯 我是山田産業的加藤。

19 | おる【居る】

(自五) 在，存在；有（「いる」的謙讓語）

例 社長は今おりません。

譯 社長現在不在。

20 | ぞんじあげる【存じ上げる】

(他下一) 知道（自謙語）

例 お名前は存じ上げております。

譯 久仰大名。

MEMO

日檢智庫29

絕對合格！ 新制日檢
情境分類 必勝單字

N4
N5

[25K+MP3]

◆ 發行人／林德勝

◆ 著者／吉松由美、田中陽子、西村惠子、千田晴夫、
　　　　山田社日檢題庫小組

◆ 出版發行／山田社文化事業有限公司
　　地址　臺北市大安區安和路一段112巷17號7樓
　　電話　02-2755-7622　02-2755-7628
　　傳真　02-2700-1887

◆ 郵政劃撥／19867160號　大原文化事業有限公司

◆ 總經銷／聯合發行股份有限公司
　　地址　新北市新店區寶橋路235巷6弄6號2樓
　　電話　02-2917-8022
　　傳真　02-2915-6275

◆ 印刷／上鎰數位科技印刷有限公司

◆ 法律顧問／林長振法律事務所　林長振律師

◆ 書+MP3／定價　新台幣 320 元

◆ 初版／2019年 05 月

© ISBN : 978-986-246-540-0
2019, Shan Tian She Culture Co. , Ltd.